UNE NUIT D'ABANDON

DARCY BURKE

Traduction par
TRADUCTION VALENTIN

ZEALOUS QUILL PRESS

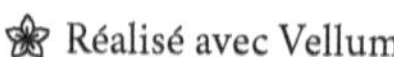 Réalisé avec Vellum

UNE NUIT D'ABANDON

Le Club des Ducs Fringants

Découvrez les hommes inoubliables de la taverne la plus célèbre de Londres, *Le Duc Fringant*. Avec ces sublimes séducteurs à l'esprit et au charme à revendre, épris de liberté et d'aventures, une nuit n'est jamais suffisante...

Après une nuit de passion il y a dix ans, Valentin Fairfax, duc d'Eastleigh, n'a jamais oublié Isabelle, la fille intelligente, spirituelle et surtout *interdite* d'un président d'université d'Oxford. Cependant, après avoir souffert d'un mariage désastreux avec une épouse infidèle, le duc s'est juré de ne plus jamais céder à la tentation. Jusqu'au jour où il apprend que la gouvernante de son ami n'est autre que la femme qui hante encore ses rêves.

Autrefois sans le sou, Isabelle Cortland a enfin économisé suffisamment pour financer une école destinée aux filles défavorisées. Mais lorsqu'une rencontre inattendue ravive des désirs depuis longtemps enfouis, Isabelle sait qu'elle ne peut pas être à la fois la maîtresse d'un duc *et* la directrice d'une école. Isabelle n'est plus une jeune fille naïve et elle ne compte pas renouveler le passé. Pas même pour une nuit d'abandon...

~

Inscrivez-vous à ma newsletter (uniquement en anglais pour le moment) sur https://www.darcyburke.com/readerclub pour des exclusivités réservées aux membres, des annonces de précommandes, des infos exclusives, des concours, des cadeaux gratuits et des promos spéciales !

Vous appréciez mes livres et souhaiteriez échanger avec des lecteurs qui partagent les mêmes goûts ? Envie de passer du temps avec moi et d'obtenir plus d'informations exclusives ? Rejoignez les Darcy's Duchesses.

CHAPITRE 1

Londres, février 1817

Isabelle Cortland trébucha en franchissant le seuil de la maison du duc d'Eastleigh. Ce n'était pas une légère oscillation dont elle se remit aisément, mais une perte totale d'équilibre qui la fit s'étaler de tout son long sur le sol en marbre, dans un imbroglio disgracieux, ses jupes remontant à l'arrière de ses jambes de la manière la plus humiliante qui soit.

Était-ce trop que d'espérer qu'il ne l'avait pas vue ? Ou de rêver pouvoir se fondre dans la pierre blanche étincelante ?

— Madame Cortland !

La voix de son employeur, Lord Barkley, se fit entendre juste avant qu'il ne lui saisisse le coude.

— Est-ce que tout va bien ?

— Bien, merci.

Ses paumes sur le sol, elle se redressa et replia les

jambes sous son corps. Une fois qu'elle fut à genoux, Lord Barkley l'aida à se relever.

Caroline, la plus jeune des deux élèves d'Isabelle, s'avança et effleura sa robe.

— Vous êtes toute froissée maintenant. Laissez-moi vous aider.

Du haut de ses dix ans, Caroline était toujours prompte à offrir son aide et son opinion.

— Merci, répondit Isabelle en jetant un regard circulaire, fébrile.

Il n'était pas là. Dieu merci.

— Êtes-vous certaine de ne pas être blessée ? s'enquit Lord Barkley.

Seulement sa fierté, et encore, elle avait été épargnée puisque le duc était absent.

— Certaine.

— Sa Grâce s'excuse de ne pas être venue vous saluer personnellement, déclara le majordome. Il sera bientôt de retour à la maison.

Lord Barkley se redressa.

— Ce n'est rien. Il fait preuve d'une grande hospitalité en nous permettant de rester.

En effet, c'était le cas. Ils étaient arrivés à Londres ce matin-là, mais la maison de ville que Lord Barkley avait louée pour la saison n'était pas encore habitable au rez-de-chaussée. Elle était en cours de rénovation et serait prête dans une quinzaine de jours. Du moins, c'était ce qu'on leur avait promis. Entre-temps, Lord Barkley avait demandé à son ami le duc d'Eastleigh s'ils pouvaient séjourner chez lui. Le duc, dont Lord Barkley lui avait assuré qu'il s'agissait d'un homme généreux et magnanime, les avait conviés à rester aussi longtemps qu'ils en auraient besoin.

Le duc était également arrogant, intelligent et bien plus

charmant que l'on ne devrait l'autoriser. C'était le cas dix ans plus tôt, du moins. Était-il toujours le même ?

Elle doutait d'avoir l'occasion de le découvrir. Isabelle avait prévu de garder ses distances dans la mesure du possible. Avec un peu de chance, elle arriverait au terme de leur séjour sans jamais le croiser. Elle ferait mieux de s'enfuir à l'étage sans plus attendre.

Se tournant vers le majordome, elle lui adressa un sourire.

— Puis-je accompagner mes jeunes élèves dans leur chambre ?

Elle jeta un regard vers Caroline et sa sœur, Beatrice, âgée de trois ans de plus. Leur frère, Douglas, était resté à Oxford.

— Bien sûr.

Le majordome inclina la tête vers une femme aux cheveux blancs, au sourire aimable et au regard clair et franc.

— Madame Watkins va vous la montrer.

La gouvernante – car c'était le rôle que cette dame devait occuper dans la maison – rejoignit Isabelle et les filles.

— Venez. J'ai la chambre parfaite pour vous, mes chéries, dit-elle avant de se diriger vers les escaliers.

Isabelle fit signe aux fillettes de la précéder.

— Barkley ! Bienvenue dans mon humble demeure. Quel plaisir de vous voir.

Isabelle faillit trébucher derechef en posant son pied sur la marche du bas. Même après tout ce temps, la voix du duc lui coupait encore le souffle.

— Humble, dites donc !

Le rire chaleureux de Lord Barkley résonna dans l'entrée.

— Merci de nous avoir invités chez vous. Votre gouvernante emmène les demoiselles à l'étage.

Isabelle se força à bouger. Si elle se dépêchait, elle pourrait éviter de rencontrer le duc. Sinon, ce serait un beau désastre.

— Vous pourrez faire la connaissance des filles plus tard, déclara Lord Barkley.

Isabelle s'autorisa à respirer.

Il y eut une pause pendant laquelle elle fut convaincue d'avoir les yeux du duc dardés dans son dos avec une intensité toute particulière. À tout moment, il l'appellerait par son prénom et les secrets qu'elle avait longtemps enfouis seraient dévoilés au grand jour. Elle perdrait sa dignité, son poste et le but pour lequel elle travaillait d'arrache-pied : son école.

— J'ai hâte de les rencontrer.

La réponse du duc fit tressaillir d'envie le ventre d'Isabelle. De l'envie ? Elle ne voulait pas le voir. Elle ne *devait* pas le vouloir, du moins.

Elle emboîta le pas à la femme de chambre et à ses deux élèves. Lorsque l'escalier décrivit un arc de cercle, elle garda le visage détourné jusqu'au dernier moment. Enfin, elle osa jeter un œil à l'homme dont l'image resterait gravée dans son esprit à jamais.

Il avait exactement le même regard, pour autant qu'elle puisse le dire à cette distance. Grand, avec des épaules larges et des lèvres trop bien dessinées pour appartenir à un homme.

Elles passèrent le premier palier et continuèrent jusqu'au deuxième. Là, Madame Watkins les conduisit à droite, dans une chambre à coucher bien aménagée qui donnait sur la place en contrebas.

— Nous y sommes, déclara-t-elle. Vos affaires seront bientôt prêtes.

Caroline se précipita à la fenêtre et regarda en bas.

— Quelle belle place.

— Est-ce votre première visite à Londres ? demanda Madame Watkins.

La fillette se détourna de la fenêtre.

— Oui. Nous allons visiter le *British Museum* et chez *Gunter*, et Beatrice espère faire les magasins de Bond Street. Papa a dit que nous ne pouvions pas, parce que maman n'est pas venue avec nous. Elle a dû retourner s'occuper de sa grand-tante qui est malade.

Madame Watkins fronça les sourcils et hocha la tête à ce que lui disait Caroline.

— Je suis navrée d'entendre cela.

— Je vais le convaincre de laisser Madame Cortland nous y emmener, décréta résolument Beatrice. Je le lui ai déjà demandé, et il a dit qu'il y réfléchirait.

Les magasins de Bond Street ? Isabelle ne saurait où donner de la tête. La perspective de visiter Londres avec les filles lui semblait à la fois éprouvante et enthousiasmante.

— Et vous, êtes-vous déjà venue à Londres ? lui demanda la gouvernante du duc.

Elle secoua la tête.

— Non.

— Eh bien, ce sera une aventure pour vous toutes !

Le valet de pied arriva sur ces entrefaites avec les bagages des filles, et Madame Watkins lui demanda de les déposer près de l'armoire.

— Où va dormir Madame Cortland ? demanda Caroline. Chez nous, sa chambre est juste en haut de l'escalier.

— Sa chambre est aussi à l'étage, répondit Madame Watkins en penchant la tête vers Isabelle. Voulez-vous que je vous montre ?

— Merci, mais je vais rester et aider les filles à déballer, dit-elle en souriant poliment. Je suis sûre que je trouverai mon chemin si vous me l'expliquez.

— Juste en haut de l'escalier. La porte au bout du couloir, puis à droite, deuxième porte à gauche. Je pourrais faire monter une femme de chambre pour déballer leurs affaires, proposa la gouvernante.

— Merci, mais ce n'est pas nécessaire.

Isabelle était plus qu'heureuse d'aider les filles elle-même. Elle les aimait autant que s'il s'agissait de ses propres enfants, notamment parce qu'elle n'en avait pas et n'en aurait jamais.

La gouvernante acquiesça.

— Dans ce cas, je vous laisse.

Elle s'en alla avec un sourire, refermant doucement la porte derrière elle.

— Quand allons-nous rencontrer le duc ? demanda Caroline tandis qu'Isabelle ouvrait leurs valises pour en sortir le contenu. Je n'ai jamais rencontré de duc avant.

Elle réprima un sourire, car la jeune fille avait fait cette déclaration pas moins d'une demi-douzaine de fois depuis qu'elles avaient appris qu'elles allaient séjourner chez le duc d'Eastleigh.

Ce nom à lui seul avait effarouché Isabelle. Elle n'aurait jamais cru l'entendre à nouveau, et encore moins s'installer chez lui. Lorsqu'elle avait pris ce poste de gouvernante dans le Staffordshire, cinq ans auparavant, elle n'avait jamais imaginé qu'elle se retrouverait de nouveau face à face avec Valentin Fairfax, le duc d'Eastleight.

Et elle espérait que cela n'arriverait jamais.

Pourrait-elle vraiment rester ici une quinzaine de jours sans le voir ? En tout cas, elle allait s'y employer.

— Peut-être que nous rencontrerons le duc au dîner, dit Beatrice, répondant à la question de sa sœur. Si nous sommes invitées.

Isabelle connut un autre moment de panique. Si Val les invitait à dîner ? Et si, Dieu les en préserve, cette invitation l'incluait ? Il lui était arrivé de dîner avec Lord et Lady Barkley ainsi que les enfants, à l'occasion, mais avec un peu de chance, le protocole sous le toit d'un duc était beaucoup plus strict. Les deux fillettes et elle en seraient exclues, elle l'espérait.

— Je ne crois pas que vous devriez vous attendre à dîner à la table du duc, dit Isabelle en remettant une pile de sous-vêtements à Beatrice pour qu'elle les range dans la commode.

— Non, certainement, dit la fillette en ouvrant un tiroir. Mais ce serait merveilleux, n'est-ce pas ?

Caroline ricana.

— Tu ne le sauras jamais.

Les boucles sombres de Beatrice rebondirent sur ses frêles épaules. Elle pinça les lèvres en lançant à sa sœur un regard irrité.

— Qu'est-ce qui te dit que je n'aurai plus jamais l'occasion de dîner avec un duc ?

En ce qui la concernait, Isabelle croyait et espérait que ce serait le cas. Avec ce duc ni avec aucun autre. Elle n'était pas et n'avait jamais été comme Beatrice, qui attendait avec impatience de pouvoir sortir dans le grand monde et être la coqueluche de la saison. Isabelle voulait juste éduquer les jeunes filles comme elle et les aider à comprendre qu'il n'y avait pas que les ducs et les bals dans la vie. Si son élève avait absorbé ce qu'elle lui inculquait comme un biscuit sec trempé dans du thé, elle demeurait enchantée à la perspective de devenir une débutante et d'entrer en lice pour le mariage – pour l'instant. Après tout, la jeune fille n'avait que treize ans.

Caroline tendit les bras vers une pile de vêtements à ranger.

— Pensez-vous qu'il a une bibliothèque ?

— Probablement.

Isabelle ignorait si les maisons londoniennes avaient le même agencement que les maisons de campagne, mais le Val dont elle se souvenait était un lecteur assidu. Il y avait de fortes chances qu'il possède une bibliothèque. À moins qu'il ne soit plus le Val de ses souvenirs. Dix ans, c'était terriblement long, et à l'époque, ils étaient incroyablement jeunes...

Et naïfs.

— J'espère bien, déclara Caroline. Nous devrions aller regarder quand nous aurons fini de ranger.

Isabelle la regarda avec chaleur, mais fermeté.

— Je pense qu'il est préférable que vous vous reposiez un peu, toutes les deux, pendant que je monte m'occuper de mes bagages.

Caroline exprima sa déception. La fillette détestait rester immobile.

— Comme vous voudrez.

Elles terminèrent de déballer leurs affaires et Isabelle leur donna l'instruction de lire et de s'exercer à écrire leur latin. Elle reviendrait dans une heure pour leur leçon.

— Il n'y a pas de salle de classe ? demanda Beatrice.

— Je ne sais pas.

Madame Watkins ne l'avait pas mentionné et Isabelle n'était pas sûre de vouloir s'en enquérir. Cela pourrait attirer l'attention et elle avait prévu d'être aussi invisible que possible.

— Je l'espère, en tout cas, car cette pièce n'a que ce petit bureau et une seule chaise.

Beatrice avait malheureusement raison.

Elle allait devoir se renseigner, mais elle en parlerait plutôt à Lord Barkley, lui laissant le soin de régler les détails.

— J'en parlerai à votre père. En attendant, il est temps de lire.

Une fois qu'elles furent installées sur le lit avec leurs livres, Isabelle s'en alla.

En fermant la porte derrière elle, elle se remémora ce que la gouvernante avait dit. *La porte se trouve au bout du couloir à droite, deuxième porte à gauche.* À moins qu'elle ait dit à gauche, deuxième porte à droite ? Avec un soupir, Isabelle se dirigea vers le bout du couloir. La main sur le loquet, elle s'arrêta. Madame Watkins voulait-elle parler de ce couloir-ci ?

Isabelle regarda en arrière, par là où elle était venue. Soudain, la porte devant elle s'ouvrit, et debout dans toute sa gloire ducale, ses cheveux dorés par le soleil ramenés en arrière au-dessus de son front franc et ses yeux d'un vert de jade écarquillés par la surprise, se trouvait l'homme qu'elle avait essayé d'oublier... en vain.

~

*V*al dévisageait la femme qui se tenait devant sa porte comme s'il s'agissait d'une apparition. En était-ce une ? Forcément. Sinon, pourquoi serait-elle là ?

Il cligna des yeux, fermant les paupières avec détermination et les maintenant serrées pendant un moment. Pourtant, lorsqu'il les rouvrit, elle était toujours là.

— Isabelle ?

Elle était plus âgée, naturellement, et bien plus belle que dans ses souvenirs. Il n'avait jamais osé en rêver. Ses cheveux châtain clair étaient tirés en un chignon strict, mais deux boucles se balançaient devant chaque oreille. Une légère rougeur colorait ses pommettes anguleuses et ses lèvres de corail s'entrouvrirent sous l'effet de la stupeur.

À présent, elle clignait des yeux, ses cils foncés battant discrètement devant ses iris couleur cobalt. Enfin, elle répondit :

— Oui.

— Je n'arrive pas à y croire.

Il s'avança, mais elle fit un pas en arrière et il fronça les sourcils.

— Que faites-vous ici ?

— Je suis la gouvernante des demoiselles Spelman.

— Gouvernante ? Comment diable êtes-vous devenue gouvernante ? Je croyais que vous deviez épouser... un gentleman.

Val ne se rappelait pas le nom de cet homme. Si elle ne l'avait pas épousé, était-ce par sa faute ? Il en avait l'estomac noué.

— Je l'ai fait.

Le soulagement l'envahit.

— Il est décédé il y a six ans.

Ses traits placides ne trahissaient pas la moindre émotion au-delà de la solennité.

— Je suis vraiment désolé. J'ai appris que votre père était mort, et j'en suis navré. C'était un homme merveilleux, un professeur exemplaire.

Il était directeur à Merton College, où plusieurs amis de Val avaient étudié.

— N'était-ce pas à la même époque ?

— Si, répondit-elle à mi-voix. J'ai perdu mon père en janvier et mon mari trois mois plus tard.

Son cœur lui faisait mal d'apprendre qu'elle avait tant perdu en si peu de temps.

— Cela n'a pas dû être facile.

— Non.

Elle joignit ses mains devant elle et les tordit nerveusement, le regard fuyant.

— J'avais espéré éviter de vous voir, Votre Grâce. Je cherchais l'escalier. Ma chambre est au troisième étage.

— L'escalier est au bout du couloir, lui expliqua-t-il distraitement, concentré sur ce qu'elle avait dit. Pourquoi voudriez-vous m'éviter ? Et ne m'appelez pas Votre Grâce.

Elle haussa un sourcil. Oh, comme il se souvenait de cette expression. Elle avait une façon de le regarder à la fois séduisante et hautaine. Cela l'avait toujours excité, et bon Dieu, c'était encore le cas. Soudain, il avait dix-huit ans, comme à l'époque où il l'avait rencontrée pour la première fois, et il était transi.

— Alors, comment dois-je vous appeler ? demanda-t-elle.

— Comme vous l'avez toujours fait.

Elle pinça les lèvres, une réaction austère qui évoquait la gouvernante bien plus que la jeune femme qui l'avait captivé autrefois.

— Je ne peux pas faire ça. Vous êtes un duc et je suis une gouvernante. Nous ne devrions même pas rester là, à discuter.

Sur ce, elle tourna les talons et s'éloigna dans le couloir.

Val sortit de ses appartements privés et s'élança après elle. Il tendit la main vers son coude, et au moment où ses doigts se refermaient autour de sa manche, il sentit ses entrailles frémir.

Elle dégagea son bras en haletant. Se tournant vers lui, ses yeux irradiant d'un feu glacial, elle ouvrit la bouche. En même temps, il se pencha vers elle, curieux de subir les foudres de son indignation. Elle lui avait donné tant de fil à retordre quand il avait commencé à flirter avec elle. Il lui avait fallu des mois pour qu'elle admette enfin qu'elle était aussi attirée par lui.

Mais il n'entendit jamais ce qu'elle allait dire, car ils

s'étaient arrêtés devant la chambre de Barkley et que la porte s'ouvrait au même instant pour révéler le baron.

Le regard de Barkley alterna entre Val et Isabelle avant de se fixer sur le duc.

— Je vois que vous avez rencontré notre gouvernante.

— Oui...

Tout ce que Val aurait pu dire ensuite fut emporté par la réponse de la jeune femme.

— Oui, nous venons de nous rencontrer. J'ai bien peur de m'être égarée en cherchant les escaliers. Sa Grâce a eu la gentillesse de m'orienter. Si vous voulez bien m'excuser.

Val la regarda en plissant légèrement les yeux. Ainsi, ils venaient tout juste de se rencontrer ?

Son regard croisa le sien, et au fond de ses yeux, il décela une supplication silencieuse. Apparemment, elle ne voulait pas que son patron sache qu'ils se connaissaient. Que craignait-elle, qu'il révèle *à quel point* ils se connaissaient ?

— Avant de disparaître, Madame...

— Cortland, lui dit-elle.

Il ne connaissait pas son nom, ce qui renforçait la thèse selon laquelle ils venaient de se rencontrer. Pour lui, elle était Isabelle Highmore, la plus belle fille qu'il ait jamais vue.

— Avant de disparaître, Madame Cortland, veuillez accepter mon invitation à nous rejoindre pour le dîner.

Isabelle jeta un œil vers Barkley, qui inclina la tête, puis reporta son attention sur Val.

— À quelle heure dois-je préparer les filles ?

Les filles ? Les filles de Barkley. Ce n'étaient pas elles que Val avait invitées. Mais les exclure maintenant, devant leur père qui plus est, serait le comble de l'impolitesse. Le fait était qu'il ne voulait même pas de la présence de Barkley à ce fichu dîner. Il voulait qu'Isabelle soit seule pour pouvoir apprendre tout ce qu'elle avait fait ces dix dernières années.

— Dix-neuf heures, répondit Val.

Isabelle exécuta une révérence et se retourna. Val s'efforça de ne pas admirer le balancement de son fessier alors qu'elle s'éloignait au bout du couloir. À contrecœur, il se tourna vers Barkley.

— Depuis combien de temps Madame Cortland est-elle à votre service ?

Barkley avança sa lèvre inférieure tout en réfléchissant à la question.

— Cela fait cinq ans maintenant, je crois. Oui, cela doit faire cinq ans. Au cinquième anniversaire de Caroline, nous avons engagé Madame Cortland comme tutrice de nos filles. Quand elle a écrit en nous disant qui était son père, j'ai su qu'elle serait parfaite pour ce travail. À vrai dire, pour une femme, elle est plus intelligente que je ne l'aurais imaginé.

Val fixa l'homme du regard, hébété par son sous-entendu. Plutôt que de relever la grossièreté et la bêtise de Barkley, il choisit d'ignorer ce commentaire stupide. Contrairement au baron, Val n'était pas le moins du monde étonné par l'intellect d'Isabelle. Elle avait toujours eu le nez dans un livre. C'était l'une des choses qui l'avaient le plus touché chez elle. D'ailleurs, les fois où ils s'étaient assis ensemble sur un banc en plein air pour lire côte à côte, tout simplement, comptaient parmi ses meilleurs souvenirs.

— On dirait que vous avez bien de la chance d'avoir Madame Cortland.

— En effet, répondit Barkley en hochant la tête. Allons-nous toujours prendre un verre de brandy avant le dîner ?

Val voulait l'interroger sur Isabelle – aimait-elle toujours Voltaire, et reniflait-elle toujours lorsqu'elle riait aux éclats ? Au lieu de quoi, il afficha un grand sourire et gratifia le baron d'une accolade.

— Oui, allons-y.

Tout en descendant les marches, Val ne pensait qu'à la femme qui était à l'étage et au moyen de se retrouver seul avec elle.

CHAPITRE 2

*I*l ne pouvait tout de même pas s'attendre à ce qu'elle s'assoie à côté de lui.

Isabelle fixait du regard la chaise en bout de table, où Val – peu importe ses efforts, elle ne pouvait s'empêcher de penser à lui par le diminutif qu'elle lui avait donné dix ans auparavant – s'assiérait sans doute, ainsi que l'autre, vacante, sur sa droite.

— Désolé d'être en retard, dit Val en entrant dans la salle à manger, attirant leur attention. J'avais une affaire urgente.

En souriant, il s'approcha de sa chaise et les regarda, disposés autour de lui : Lord Barkley à sa gauche, Beatrice à la gauche de son père, Caroline en face de sa sœur et Isabelle à côté d'elle, soit sur sa droite à lui.

Lorsque leur hôte leur proposa de s'asseoir, Isabelle obtint sa réponse. Oui, il tenait absolument à ce qu'elle prenne place à côté de lui.

En toute logique, les deux adultes devaient être situés près de la tête de table. Cela n'empêcha pas Isabelle de se demander s'il avait une autre raison. Était-ce parce qu'elle le souhaitait elle-même ?

Elle se ressaisit et s'assit, résistant à l'envie de vider d'un trait tout son verre de vin pour se calmer. Sagement, elle n'en prit même pas une gorgée, estimant qu'il valait mieux garder ses esprits.

— J'espère que vous êtes tous bien installés, dit Val. Prévenez Sadler s'il vous faut quoi que ce soit.

— C'est tout simplement splendide, Votre Grâce, déclara jovialement Lord Barkley alors que le premier plat était servi. Quelle gentillesse de votre part d'ouvrir votre maison à notre famille.

Il riait de bon cœur.

Isabelle attendit que son employeur évoque le besoin d'avoir une salle de classe. Elle en avait parlé à leur arrivée dans la salle à manger. Comme il ne disait rien, elle envisagea un moyen d'aborder le sujet. Ce fut Caroline qui prit les devants.

La plus jeune personne autour de la table s'adressa à son hôte sans sourciller :

— En fait, Votre Grâce, nous avons besoin de quelque chose.

Son père lui lança un regard atterré.

— Caroline, ne parle pas à moins que Sa Grâce ne te le demande.

— Ce n'est pas grave, dit Val en regardant Caroline avec un sourire chaleureux. De quoi as-tu besoin, jeune fille ?

— D'une salle de classe.

Elle jeta un œil à Isabelle.

— Madame Cortland nous a suggéré d'utiliser votre bibliothèque.

— Vraiment ? fit Val.

Même si Isabelle ne le regardait pas – elle s'efforçait tant bien que mal de se retenir –, elle sentit ses yeux sur elle comme une chaude brise d'été, accueillante et vivifiante.

— *Si* vous avez une bibliothèque, naturellement, ajouta Beatrice.

— J'ai très certainement une bibliothèque, et elle est à votre entière disposition.

Lord Barkley fronça les sourcils.

— Nous ne voulons pas vous mettre dehors, nuança-t-il avec un sourire courtois à Val. J'avais prévu de vous demander un espace pour leurs leçons, mais plus tard.

— Je n'y vois aucun inconvénient.

Il regardait Isabelle avec insistance et elle ne pouvait pas l'ignorer plus longtemps. Elle ne pouvait pas non plus se permettre de se perdre dans les abysses de son regard si séduisant.

— Dites-moi quand vous aurez besoin de la bibliothèque, et elle sera tout à vous.

Elle crut presque entendre : *Dites-moi quand vous aurez besoin de moi, et je serai tout à vous.* Bien sûr, il n'avait rien dit de tel et elle maudit en silence son esprit fantaisiste et traître.

Isabelle détourna les yeux. Il était si difficile de le regarder sans ressentir un choc très conscient, ou pire, un élan de désir.

— Les leçons ont lieu le matin et encore l'après-midi, même si je prévois de passer quelques après-midi en excursion pour profiter de notre présence à Londres.

— La bibliothèque est à votre disposition tous les matins et tous les après-midi. Je veillerai à ce que vous soyez le moins dérangé possible.

— Merci.

Croisant à nouveau son regard, Isabelle fut instantané-ment ramenée une décennie plus tôt, à une époque où il l'avait regardée ainsi, comme s'il désirait ardemment la connaître, et en un sens, comme s'il la connaissait déjà. Outre un lien étroit avec Beatrice et Caroline, ses deux élèves, elle avait mené une vie solitaire ces six dernières années, et éprouver à nouveau ce sentiment d'appartenance lui paraissait presque irrésistible.

Pendant le reste du dîner, elle s'évertua à se montrer sereine et impassible, tandis que le souvenir du temps passé avec Val conjugué à sa proximité actuelle faisait battre son cœur. Elle craignait que Lord Barkley ne détecte leur familiarité et n'exige de savoir de quoi il retournait. Serait-ce si terrible d'admettre qu'ils s'étaient connus autrefois – platoniquement, cela allait de soi ? Peut-être pas, mais c'était un risque qu'elle n'osait pas prendre.

Une fois le dîner terminé, ce fut avec soulagement qu'Isabelle se hâta de faire sortir les filles de la salle à manger. Après les avoir mises au lit, elle s'empressa de se replier au troisième étage, où elle se coucha à son tour, se plongeant dans un livre qui n'avait toutefois aucune chance de retenir son attention.

Au bout d'une heure, elle était sur le point d'abandonner lorsqu'un léger coup lui fit tourner la tête vers la porte. Sa première pensée fut que cela pouvait être Val. Tout aussi rapidement, elle se persuada que c'était idiot. Il ne serait pas imprudent au point de lui rendre visite ici. Elle lui accordait trop de place dans ses pensées, voilà tout.

C'était probablement Caroline, qui avait parfois peur la nuit et venait chercher du réconfort auprès d'elle. Ses angoisses nocturnes survenaient moins souvent que par le passé, mais ils étaient dans une maison inconnue.

Isabelle posa son livre sur la petite table de chevet et se glissa hors de son lit étroit. La chambre était plus exiguë que celle à laquelle elle était habituée, mais il y avait une vue charmante sur le jardin en contrebas.

Elle ouvrit la porte et prit une vive inspiration.

— Val.

Toujours vêtu du costume immaculé qu'il portait pendant le dîner, il lui souriait. Tout son corps s'échauffa en réaction.

— Alors, vous vous souvenez de mon prénom.

— Vous ne devriez pas être ici.

Ce fut tout ce qu'elle parvint à murmurer avant qu'il ne la dépasse pour entrer dans sa chambre.

Il fronça les sourcils en regardant la pièce.

— C'est très petit.

— On dirait que vous n'êtes jamais venu ici.

— Pas jamais, mais pas récemment.

Il se redressa et hocha la tête en prenant une décision :

— Je vais vous faire installer à l'étage inférieur.

Plus près de lui. C'était une idée terrible.

— Non, ne le faites pas.

Il s'avança vers elle, les sourcils à nouveau froncés.

— Une gouvernante n'est pas une servante.

— Ce n'est pas non plus un membre de la famille.

Des pas dans les marches l'alarmèrent soudain.

— Allez-vous-en. Vous ne pouvez pas être ici.

Il tourna la tête, approcha son oreille de la porte et fit un autre pas en avant.

— Quelqu'un vient ?

— Oui, souffla-t-elle.

— Alors, je ne peux pas sortir. Je risquerais de croiser la personne qui arrive.

Il semblait plutôt indifférent, mais Isabelle ferma la porte avec un déclic. Puis elle se tourna pour le dévisager.

— Essayez-vous de me faire renvoyer ?

— Je ne vous ferais jamais renvoyer et ce n'est absolument pas mon intention. Je dois dire que je n'ai jamais imaginé vous revoir en gouvernante.

Son regard se posa sur elle, comme s'il visualisait

comment il avait pensé la revoir... et elle préférait ne pas le savoir.

Trop consciente de son attention persistante et du fait qu'elle ne portait qu'une chemise de nuit recouverte d'une robe de chambre plutôt fine, elle croisa les bras sur sa poitrine et le dévisagea.

— Vous devez partir.

— Et je le ferai. Bientôt. Une fois que nous aurons... parlé.

Une fois de plus, il regarda autour de lui et ses yeux se posèrent sur la petite chaise située dans le coin, à côté de sa minuscule table de nuit.

— Nous n'avons rien à nous dire, déclara Isabelle.

Il se rendit vers la chaise et s'y assit.

— Enfin, voyons, après une décennie, il y a beaucoup à discuter. Je pourrais rester assis ici avec vous toute la nuit.

Toute la nuit. Ils l'avaient déjà fait une fois. Mais ils n'étaient pas assis, et ils n'avaient pas discuté. Enfin, il y avait bien eu *certaines* discussions. Et ils s'étaient parfois retrouvés *assis*... en quelque sorte. Elle rougit à ce souvenir.

Il lui lança un regard sournois.

— À quoi pensez-vous ?

Elle secoua la tête, repoussant ce souvenir.

— À rien. Vraiment, vous devez partir. Je ne peux pas vous permettre de mettre en péril ma position.

— Nous aurions pu dire à Barkley que nous étions de vieux amis.

Les doigts d'Isabelle s'enfoncèrent presque dans ses biceps.

— Nous ne le sommes pas.

— Bien sûr que si. Nous n'avons pas à évoquer le fait que nous avons été amants.

Il avait dit cela avec une grande désinvolture, comme si c'était parfaitement ordinaire. Comment cela pouvait-il être le cas, alors que c'était l'expérience la plus extraordinaire de sa vie ? Alors que son existence même était divisée en deux parties : avant et après Val ?

— Pourquoi lui avez-vous menti en disant que nous venions tout juste de nous rencontrer ?

Sa question la ramena des abîmes du passé où elle était plongée.

— Cela m'a semblé plus facile.

Et plus sûr. Ils devaient déjà cacher leur amitié à Oxford. Les étudiants n'étaient pas autorisés à fréquenter des femmes, notamment les filles des enseignants qui, à leur tour, n'étaient pas censées frayer avec eux. Ils avaient volé un peu de temps ensemble, çà et là, la plupart du temps pour lire et discuter, de leurs lectures en particulier.

Il la regardait comme s'il s'attendait à ce qu'elle en dise plus. Comme s'il s'attendait à ce qu'elle dise qu'elle avait eu tort et qu'ils pouvaient bien sûr révéler leur amitié.

— Vous devriez vraiment partir, insista-t-elle.

Naturellement, il ne bougea pas. Il avait toujours été obstiné, surtout dans leurs débats. Son regard se porta sur sa table de nuit et il prit le livre abîmé qu'elle y avait posé.

— Toujours amatrice de littérature française ? Oh, c'est l'un de nos préférés, s'exclama-t-il avec un sourire éblouissant.

— C'était l'un de mes préférés avant de devenir aussi le vôtre.

— C'est vrai. Je l'ai toujours dans ma chambre à coucher.

Son regard rencontra le sien. Sous son intensité, elle sentit ses genoux faiblir.

— Pourquoi ?

D'où lui était venue cette question ? Elle ne l'avait pas seulement pensée, mais ses lèvres l'avaient murmurée.

— Parce qu'il me fait penser à vous.

Il reposa son exemplaire des *Liaisons dangereuses*, à la couverture usée.

— Val, vous devez vraiment partir.

Elle se faisait l'effet d'un perroquet qui ne savait répéter qu'une seule chose.

Il se leva de sa chaise et s'approcha alors du lit.

— Si vous insistez, mais dites-moi d'abord pourquoi vous êtes gouvernante. Qu'est-il arrivé à votre mari ?

— Je vous l'ai dit, il est mort.

— Il ne vous a pas laissé d'argent ?

— Il ne m'a laissé qu'une dette, que l'héritage de mon père a réglée. Heureusement, je suis capable de subvenir à mes propres besoins. Ma position actuelle me convient à merveille.

Si c'était la vérité, cela ne correspondait pas à la vie qu'elle avait imaginée. Elle s'attendait à avoir son propre foyer, un mari, des enfants.

— Vous n'avez pas eu d'enfants avec lui ? demanda Val, qui semblait avoir suivi le cours de ses pensées.

— Vous êtes bien trop familier, rétorqua-t-elle, de plus en plus mal à l'aise avec l'orientation que prenait leur conversation.

Elle redoutait d'y trouver du réconfort. À quand remontait la dernière fois que quelqu'un lui avait parlé, vraiment parlé ?

— C'est normal, dit-il à mi-voix. Je vous connais plutôt bien.

Il s'était arrêté juste devant elle, si près qu'elle aurait facilement pu poser ses mains sur lui.

— Vous me *connaissiez*, mais c'était il y a longtemps.

Et pourtant, son parfum de pin et de bois de santal lui était aussi familier que le livre sur sa table de chevet.

— Vous ne pouvez pas être si différente.

Il l'observait, la caressait des yeux.

Soudain, elle désira ardemment ce contact, comme à de si nombreuses reprises au cours de la décennie qui venait de s'écouler, notamment dans les premières années. Avec le temps, elle avait appris à entreposer ses souvenirs dans un recoin de son esprit, ne les ravivant que lorsqu'elle se sentait vulnérable.

— Si, exactement comme vous.

Lui aussi avait été marié. Cela avait dû l'affecter, tout comme elle l'avait été.

— J'ai été peinée d'apprendre dans le journal que votre femme était morte.

Il serra les dents, mais ce fut bref, et elle se demanda si elle avait imaginé cette réaction.

— Nous avons tous les deux été malchanceux en ménage, il me semble.

Le silence s'étira entre eux. Le mariage était un sujet qu'il n'avait jamais abordé. Elle n'avait jamais rêvé qu'un duc puisse épouser quelqu'un comme elle, et il ne lui avait jamais rien fait miroiter. Ils avaient volé leur unique nuit ensemble en sachant qu'ils n'en auraient pas de seconde.

Elle avait toujours du mal à croire qu'il se tenait bel et bien devant elle, qu'elle pouvait tendre la main et le toucher. Et qu'il y avait un lit juste derrière lui.

— Vous devez *partir*.

Elle se tourna résolument vers la porte.

Il vint se camper devant elle, le dos contre le vantail.

— Je vais le faire, mais c'est tellement... étrange, et à la fois merveilleux. Vous ne trouvez pas ?

Comme elle ne répondait pas, il poursuivit :

— Je n'aurais jamais cru vous revoir, et pourtant vous êtes là. C'est comme un cadeau.

Elle cligna des paupières et pencha la tête sur le côté, se demandant ce qu'il voulait dire exactement sans oser le présumer.

— Comment cela ?

Il jeta un coup d'œil vers le plafond bas.

— Je ne sais pas... C'est inespéré.

Il était temps de mettre un terme à ce qu'il essayait de faire.

— Je ne suis ici que pour une quinzaine de jours. Je vais essayer de rester à l'écart et j'attends que vous en fassiez de même, tout comme j'attends que vous gardiez notre passé secret. Je ne peux pas me permettre de perdre ce poste.

Par ailleurs, elle aimait Beatrice et Caroline, et elle serait dévastée de les quitter alors qu'elles avaient encore besoin d'elle. Dans tous les cas, ce serait difficile.

— Si vous perdez votre poste, ce qui n'arrivera pas, je m'occuperai de vous.

Tout l'air fut expulsé de ses poumons en un clin d'œil. Elle le regarda bouche bée, les bras ballants :

— Vous ne proposez pas...

Il écarquilla les yeux.

— Non, *non*. Pas du tout. Je voulais seulement dire que vous n'avez pas à vous inquiéter de votre avenir. Je m'assurerai que vous soyez en sécurité.

— Vous ne pouvez pas faire cela. Ce serait... scandaleux !

Son père se retournerait dans sa tombe.

— Personne ne le saurait.

Elle secoua la tête.

— Absolument pas. Je ne suis pas une femme aux mœurs légères.

Pourtant, elle l'*avait* été. Une seule fois. Avec lui.

— Ce qui s'est passé entre nous était une erreur.

Elle détourna les yeux, incapable de le regarder en disant le mensonge qu'elle s'était efforcée de croire.

— Ne dites pas cela.

Sa voix était grave et éraillée.

— C'est la vérité, reprit-elle. Maintenant, partez. S'il vous plaît.

Elle leva enfin vers lui son regard suppliant.

— Votre Grâce.

Il pinça les lèvres, sa bouche crispée. Puis il fit l'impensable. Il tendit la main et lui caressa la joue. Son corps voulait se laisser aller contre lui et accueillir son contact, le chercher. Rassemblant toute sa volonté, elle demeura raide comme une baguette alors que son ventre se nouait, menaçant de se liquéfier.

— Je tiens toujours à vous, et je vous aiderais si vous en aviez besoin. Il vous suffit de me le demander.

Il laissa retomber sa main, puis se retourna et sortit.

Dès que la porte se fut refermée, elle y posa sa paume. Sa chaleur était toujours là, à l'endroit où il s'était appuyé contre le bois. Il l'aiderait si elle le lui demandait... Il avait sans doute les moyens de réaliser son rêve : fonder une école pour filles. Bien sûr, elle n'en ferait rien. Elle ne le *pouvait* pas.

Les yeux fermés, elle fit glisser sa main sur la porte comme si c'était lui, laissant aller tous les sentiments et les souvenirs qu'elle s'était tant efforcée de réprimer. Sa main mêlée à la sienne. Ses lèvres sur les siennes. Leurs corps unis.

Une envie folle qu'elle n'avait pas ressentie depuis un certain temps s'empara d'elle. Ces deux semaines s'annonçaient très longues.

CHAPITRE 3

Le lendemain soir, Val entra au *Duc Fringant*, la taverne qu'il possédait avec son bon ami, le duc de Colehaven, dans le quartier de Haymarket. Les têtes se tournèrent, les chopes s'entrechoquèrent et tout le monde s'écria avec chaleur :

— Eastleigh !

Val exécuta une révérence de cour, avec un rond de jambe élégant.

En se redressant, il se dirigea vers le bar, au fond de la salle principale. Il était vingt-deux heures trente et l'endroit était bondé, si bien que Val fit plusieurs arrêts en se faufilant entre les tables. Lorsqu'il arriva, Doyle avait déjà rempli de bière sa chope monogrammée « Eastleigh ».

Val la prit en demandant :

— C'est la dernière brassée de Cole ?

— Oui. Il a dit que tu voudrais l'essayer.

Doyle, le gérant de la taverne, attendait avec impatience que Val goûte à la bière.

Riche et légèrement amer, le breuvage s'avéra délicieux.

— Encore une excellente bière. Je n'en doutais pas.

— Où est Barkley ce soir ? s'enquit Doyle, probablement parce qu'ils étaient arrivés ensemble la veille au soir et que Val lui avait expliqué qu'il séjournait quelque temps chez lui.

— Il avait d'autres engagements ce soir, mais il passera, j'en suis sûr.

— Quand on a essayé le *Duc Fringant*, on ne veut plus aller ailleurs.

Doyle regarda vers la table la plus proche en lançant :

— Pas vrai, les gars ?

Tous levèrent leurs chopes et Doyle ricana, plissant ses yeux bleu clair avec amusement.

— Comment se fait-il que Barkley et sa famille dorment chez toi ? reprit-il. Il a des enfants, n'est-ce pas ?

Val hocha la tête.

— Je ne les ai vus que pour le dîner hier soir.

Ce qui signifiait qu'il n'avait pas vu leur gouvernante de toute la journée. Il avait bien été tenté de faire un saut dans la bibliothèque sous prétexte de trouver un livre, mais il s'était ravisé. Isabelle craignait sincèrement de perdre son poste si leur relation d'autrefois éclatait au grand jour.

Quelle était leur relation aujourd'hui ? Ils ne s'étaient pas vus depuis une décennie. Ils n'étaient plus que de vagues connaissances. Aussi cuisante que soit cette vérité, à quoi d'autre aurait-il pu s'attendre ?

— Vu qui ? demanda soudain le duc de Colehaven en arrivant au bar.

Doyle lui remit sa propre chope à son nom.

— Mes invités, répondit Val.

— La famille de Barkley a-t-elle bouleversé le calme de tes pénates ?

— Non.

Mais leur gouvernante le mettait dans tous ses états.

— Comme je le disais à Doyle, je les vois rarement. De toute façon, ce n'est que pour une quinzaine de jours. Peut-être moins.

— Tu es un bon ami, dit Cole en buvant sa bière, regardant la chope avec reconnaissance. C'est une bière fantastique, si je puis me permettre.

— Toi aussi, tu es un ami de Barkley, souligna Val. Ce n'est pas toi qui nous as présentés l'un à l'autre ? Barkley aurait pu venir chez toi si tu n'étais pas sur le point de te marier.

— Crois-moi, il n'aurait pas voulu venir chez moi. Diana a déjà lancé son grand plan de réorganisation, et rien n'y échappe.

Cole fit mine de frissonner d'effroi, mais Val perçut la tendresse sous-jacente dans les yeux de son ami. Cet homme était fou amoureux. Val était-il ainsi, lui aussi, avant d'épouser Louisa ? Était-il ainsi, dix ans plus tôt, quand il faisait la connaissance d'Isabelle ?

Il pourrait poser la question à Cole, qui avait connu ces deux périodes de sa vie. Mais à quoi bon ? Louisa s'était avérée une menteuse patentée, et tout ce qu'Isabelle et lui avaient partagé n'était qu'éphémère. Il le savait déjà, à l'époque, et il le savait maintenant. Malgré tout, il ne pouvait pas résister à l'envie d'annoncer à Cole qu'elle était de retour.

Val prit sa chope et se tourna vers son ami.

— Viens t'asseoir avec moi dans le salon privé.

Emportant sa bière, Cole suivit Val dans le salon attenant, un espace plus petit et plus calme, avec des tables entourées de chaises confortables à hauts dossiers, parfaitement agencées pour favoriser les conversations discrètes. Ils se rendirent à leur table préférée, dans un coin près de la cheminée. Personne ne s'y asseyait à moins d'y être invité par l'un d'entre eux.

Il n'y avait quasiment personne dans le salon privé, ce soir, seulement quelques tables occupées. Tant mieux, car Val se sentait d'humeur particulièrement secrète.

Une fois qu'ils furent assis contre le mur, Cole sirota sa bière avant de poser sa chope sur la table cirée.

— Quelque chose qui cloche ?

— Qui cloche ? Non. Pourquoi cette question ?

Cole haussa les épaules.

— Tu avais l'air très sérieux quand tu as demandé à me parler.

— Rien de grave. Seulement...

Val se passa la main dans les cheveux et sentit une mèche tomber sur son front, comme d'habitude. Un jour, il apprendrait à arrêter d'abîmer par sa nervosité la coiffure que son valet se targuait de maîtriser à la perfection, mais ce jour n'était pas encore arrivé.

— Bon sang, je ne sais pas quoi penser.

Il se rapprocha de Cole, qui avait été son ami le plus proche pendant près de quinze ans, depuis leur première année à Oxford alors qu'ils étaient encore novices.

— Barkley a amené sa gouvernante. C'est Isabelle.

Cole le fixa du regard, reflétant l'incrédulité que Val avait ressentie, lui aussi, lorsqu'il l'avait revue pour la première fois pas plus tard que la veille. Puis il se pencha en avant et murmura, comme s'ils n'étaient pas déjà dans un recoin isolé :

— Isabelle Highmore ?

Val acquiesça, s'adossant à nouveau contre la chaise. Il aurait presque pu croire qu'il avait rêvé de sa présence, mais en le disant à Cole, il rendait tout cela bien réel.

— Isabelle Cortland, maintenant. Elle est veuve, et son père aussi est mort.

— Je me souviens d'avoir appris la nouvelle. Elle est devenue la gouvernante de Barkley ?

— Depuis cinq ans. C'est très étrange, Cole.

Ce dernier soupira.

— J'imagine... ou pas vraiment. Cela faisait dix ans que tu ne l'avais pas vue. Est-ce qu'elle se souvient de toi ?

Val lui lança un regard incrédule, comme si Cole venait de dire une énormité.

— Bien sûr. Et elle ne veut plus avoir affaire à moi.

— Comment sais-tu...

Cole plissa ses yeux noisette.

— Tu lui as fait une proposition ?

— Non ! Seigneur ! C'est ce qu'elle a cru, elle aussi.

— Si elle l'a cru, c'est certainement que tu l'as fait.

— J'ai seulement dit que je l'aiderais si elle en avait besoin, répondit Val, exprimant sa frustration. Je n'en revenais pas qu'elle soit devenue gouvernante. Je ne l'avais jamais imaginée dans ce rôle.

Cole ricana.

— Si tu ne l'avais pas imaginé, comment cela pourrait-il être vrai ?

Val se redressa, la mine renfrognée.

— Je n'aurais peut-être pas dû en parler.

— Toutes mes excuses. Mais pourquoi en as-tu parlé, alors ?

— Parce que c'est extraordinaire ?

Si pour l'essentiel, Val avait chassé Isabelle de son esprit après avoir épousé Louisa, il pensait encore à elle de temps à autre. Leur seule nuit ensemble avait été une occasion unique, une nuit qu'il n'avait jamais envisagé de renouveler.

— Nous avons partagé quelque chose de fort.

— C'est vrai, dit lentement Cole. Est-ce toujours le cas ? Même après Louisa ?

Naturellement, il connaissait les dégâts causés par Louisa. Difficile de supporter une épouse prodigue sans que l'opinion que l'on se faisait des femmes, et plus précisément du mariage, n'en pâtisse.

— Toujours.

Après la mort de Louisa, Val s'était rendu compte qu'il avait davantage pensé à Isabelle. Ce n'était peut-être pas conscient, mais il avait rêvé d'elle à de nombreuses reprises, de la vie qui aurait pu être la leur.

— Et maintenant, elle dort sous ton toit, commenta Cole. Combien de temps la tentation sera-t-elle à ta porte ?

— Une quinzaine de jours.

Non, moins que cela maintenant.

— Treize jours. Ou à peu près.

— Espères-tu répéter ce que vous avez fait à Oxford ? demanda Cole en s'adossant dans sa chaise, sa chope à la main.

— Nous ne pouvons pas.

S'il était honnête avec lui-même, cependant, il l'espérait.

— Tu n'as pas l'air très convaincu.

Non, en effet. Soudain, Val comprenait pourquoi il avait éprouvé le besoin de se confier à son ami.

— Tu dois me convaincre, bon sang.

— Tu as dit qu'elle ne voulait pas entendre parler de toi. C'est suffisamment éloquent. Garde tes distances et souffre en silence pendant les treize prochains jours, puis tu reprendras le cours de ta vie.

Cole reprit une gorgée avant de poser sa chope sur la table.

— C'est facile à dire pour toi, rétorqua Val. Tu vas bientôt épouser la femme que tu aimes et qui t'aime en retour.

Son ami le prit au dépourvu en lui demandant tout de go :

— Aimes-tu Isabelle ?

— Non.

Val ne prendrait plus jamais ce risque, pas après Louisa.

— Je voulais seulement dire qu'il est facile pour toi de donner des conseils parce que tu nages dans le bonheur.

— Je ne suis pas sûr que cela ait le moindre sens, mais s'il y a une chose dont je me souviens, c'est qu'avec Isabelle Highmore, Cortland ou je ne sais quoi, rien n'a jamais eu beaucoup de sens.

C'était sans doute vrai. Il avait été subjugué par sa vivacité d'esprit et son intelligence, captivé par sa beauté et son charme.

— Alors, je dois rester loin d'elle.

Ce n'était pas une question, mais un avertissement à lui-même. Cole avait raison.

Ce dernier hocha la tête en le regardant d'un air contrit.

— Il me semble que c'est le mieux à faire. Si elle s'intéressait à toi, en revanche, ce serait peut-être une autre histoire.

— Tu veux dire, si elle voulait revenir là où nous nous sommes arrêtés il y a dix ans ?

Que ferait-il alors ? La séduirait-il dans la minuscule chambre nichée sous les combles de sa maison de ville ? L'inviterait-il à partager la sienne ?

— C'est un débat stérile, répondit Cole en regardant sa chope. Oublie que j'ai dit cela.

Val était convaincu qu'il ne l'oublierait pas, au contraire. Même si ce n'était qu'une vague notion au fond de son esprit, il pouvait toujours rêver de ce qu'il ferait si Isabelle lui témoignait le moindre intérêt. Que ferait-il ? La prendre pour maîtresse ou s'abandonner à une seule nuit, comme ils l'avaient fait dix ans plus tôt ?

— À moins que tu ne veuilles l'épouser, reprit Cole, arrachant Val à sa rêverie.

— Quoi ? fit-il en plissant les yeux.

— Tu pourrais l'épouser, si tu le voulais.

Val secoua la tête.

— Tu sembles oublier à qui tu parles.

— Tu viens de me dire qu'Isabelle était spéciale.

— Non, j'ai dit que nous avions *partagé* quelque chose de spécial.

Cole baissa le menton pour regarder son ami comme s'il était fou, benêt ou les deux.

— Tu veux vraiment débattre de la sémantique ? Je sais mieux que quiconque que Louisa t'a torturé, que tu es amer à juste titre, mais Isabelle est là, maintenant. Elle est sûrement très différente.

Sûrement. La seule chose dont Val était sûr, c'était qu'il n'allait pas s'ouvrir à nouveau au chagrin. Pas même pour une nuit spectaculaire. Pour rien au monde.

— Encore une fois, tu parles comme un homme dont l'avenir radieux est assuré, dit Val en levant son verre. Buvons à cela.

— À quoi portons-nous un toast ?

La nouvelle voix était celle de Jack Barrett, qui s'approchait de leur table.

— Au bonheur de Cole, lui dit Val. Assieds-toi. C'est sa toute dernière brassée.

Cole fit signe au tavernier tandis que Jack s'asseyait à la table.

— J'espère que c'est diablement amer, dit-il avec lassitude. J'ai besoin d'un remontant pour me faire oublier la journée que je viens de passer. C'est plutôt sanglant aux Communes depuis l'attaque du prince régent.

Alors que la conversation s'orientait vers des sujets concernant le pays, Cole glissa à Val un regard qui indiquait clairement qu'il serait prêt à intervenir au cas où son ami aurait besoin de lui.

Mais ce ne serait pas nécessaire. Val n'avait besoin de personne.

CHAPITRE 4

Au troisième jour de leur séjour chez Val, Isabelle se permit de ressentir un tant soit peu de soulagement. Elle avait résolument évité leur hôte et, grâce à ses efforts, ne l'avait pas revu depuis qu'il avait fait irruption dans sa chambre le premier soir.

Chaque matin, elle dînait avec les filles dans la salle du petit-déjeuner, où elles prenaient également leur repas de midi. Entre-temps, elles faisaient leurs devoirs dans la bibliothèque, qui était tout aussi spectaculaire qu'Isabelle l'avait imaginée. Elle s'était couchée bien trop tard ces deux dernières nuits pour lire *Waverley*. Alors qu'elles terminaient leur petit-déjeuner, elle était déjà impatiente de savoir quels autres délices littéraires elle pourrait trouver aujourd'hui.

— Allons-nous retourner à la bibliothèque ? demanda Isabelle aux filles.

Avant qu'elles ne puissent répondre, leur père entra dans la salle avec un grand sourire.

— J'espère que vous n'avez rien de prévu pour les leçons cet après-midi, Madame Cortland. La duchesse douairière vient vous emmener faire des emplettes, les filles et vous.

Beatrice poussa un cri de joie, tandis que la réaction de Caroline était beaucoup plus réservée.

— Et chez *Gunter* ? demanda-t-elle.

— Votre excursion comprendra un arrêt chez *Gunter* une fois que vous aurez terminé avec Bond Street. Je vous y retrouverai et j'aurai peut-être même une surprise.

Il leur fit un clin d'œil, et les filles se mirent à bavarder.

Isabelle soupira avec résignation. Leurs études de la matinée allaient leur demander de gros efforts.

— Venez, les filles, nous avons du latin et des mathématiques qui nous attendent avant cette sortie.

Ce fut comme si elle leur avait jeté un seau d'eau glacée. La tête basse, elles sortirent de la salle du petit-déjeuner. Lord Barkley sourit en passant devant elles, sans se douter de la difficulté qu'il venait de causer. C'était un père attentionné, mais qui n'avait aucune notion d'éducation.

Il remit un sac à Isabelle.

— Assurez-vous de leur acheter un petit quelque chose, pour elles comme pour vous.

Il regarda son couvre-chef et ajouta :

— Peut-être de nouvelles fanfreluches.

— Merci, Monsieur.

Elle récupéra la petite pochette et la glissa dans la poche de son tablier, où elle gardait toujours un crayon et des bouts de papier.

Après une matinée frustrante durant laquelle les fillettes eurent du mal à contenir leur excitation, et un déjeuner auquel elles ne touchèrent presque pas, Isabelle était prête à leur lâcher la bride. D'ailleurs, si elle avait pu les envoyer avec la douairière et rester se reposer, elle l'aurait peut-être fait.

Était-ce parce qu'elle était fatiguée après la longue

matinée ou nerveuse à la perspective de rencontrer la grand-mère de Val ? Isabelle préférait ne pas répondre à cette question. Elle décida de cesser de se poser ces questions stupides.

Isabelle et les filles attendaient l'arrivée de la douairière dans l'entrée. Lorsque la porte s'ouvrit, ce ne fut pas une vieille dame qui fit son apparition, mais une jeune femme, d'environ cinq ans la cadette d'Isabelle.

— Bonjour, dit-elle avec enthousiasme, sous son chapeau à larges bords surmonté d'un assortiment de fleurs écarlates et d'une plume orange.

Sa robe était jaune clair, fluide sous sa pelisse rouge. Avec ses cheveux dorés, ses yeux bleus étincelants et sa bouche en forme de bouton de rose, elle devait être la sœur de Val.

— Je suis Lady Viola, annonça-t-elle, confirmant les soupçons d'Isabelle. Grand-mère est dans le fiacre, elle ne voulait pas en sortir pour y remonter juste après, mais je tenais à venir vous saluer. Je suis très heureuse de vous emmener en excursion aujourd'hui, même si le temps s'annonce hostile.

Isabelle supposait qu'elle parlait de la pluie, qui n'avait cessé de tomber depuis le début de la journée.

Elle était secrètement ravie de rencontrer enfin la sœur de Val.

— Tout le plaisir est pour nous. Permettez-moi de vous présenter Mesdemoiselles Spelman, Beatrice et Caroline.

Lady Viola regarda Beatrice, qui était à peine plus petite qu'elle, puis Caroline.

— C'est un bonheur de faire votre connaissance.

Elle reporta ensuite son regard chaleureux sur Isabelle.

— Et vous devez être leur gouvernante. Madame Cortland, c'est bien ça ?

Isabelle sentit ses joues s'empourprer en prenant

conscience qu'elle avait oublié de se présenter.

— Oui.

Elle s'empressa d'esquisser une révérence, jetant un regard appuyé à ses élèves pour leur rappeler d'en faire de même.

Beatrice y parvint à la perfection, mais Caroline perdit l'équilibre et dut se stabiliser de peur de tomber par terre.

— Très joli ! commenta Lady Viola. Et maintenant, nous partons ?

— Oui, s'il vous plaît, s'écria Beatrice, poliment, mais avec une excitation presque palpable.

L'intérieur du fiacre était spacieux, avec des sièges en velours bleu foncé, un peu étroits toutefois pour qu'Isabelle et les filles puissent se serrer sur la banquette arrière. La douairière était assise sur le siège orienté vers l'avant, son regard aussi vif et acéré que celui d'un oiseau de proie, les surveillant de l'autre côté du véhicule.

Une fois qu'elles eurent pris place, Lady Viola, installée à côté de la douairière, fit les présentations.

— C'est dommage que ces jeunes filles soient assises, grand-mère, car elles font d'exquises révérences.

Caroline secoua la tête.

— Non, pas du tout. J'ai failli tomber.

Isabelle toucha la main de la fillette, mais avant qu'elle puisse lui chuchoter à l'oreille de garder ce genre de commentaires pour elle, la douairière prit la parole :

— Ma fille, tu ne devrais jamais te dénigrer. Je n'ai pas besoin de savoir que ta révérence avait des lacunes. Ne verbalise jamais tes défauts. Garde toujours la tête haute et comporte-toi comme si tu étais la personne la plus magnifique au monde. Cependant, il est important de maîtriser la révérence.

La douairière jeta un regard sévère à Isabelle.

— Vous veillerez à ce qu'elle s'exerce une vingtaine de

fois lorsque vous serez de retour. Promettez-le.

— Je, euh... vous avez ma parole.

La douairière plissa les yeux.

— *Euh ?* Où avez-vous donc appris à parler ?

— À Oxford, Votre Grâce.

La douairière parut atterrée, puis méprisante.

— Vous n'êtes pas allée à Oxford. Me prenez-vous pour une idiote ?

— Mon père était directeur du Merton College. Il a personnellement assuré mon éducation, Votre Grâce. Veuillez pardonner mon hésitation précédente.

La vieille dame garda le silence pendant un moment, au cours duquel Isabelle retint son souffle. Elle ne tenait pas à se mettre à dos la grand-mère de Val. Non pas parce qu'elle était sa grand-mère – après tout, quelle importance ? – mais parce qu'elle était l'une des personnes les plus puissantes de la haute société. Cela dit, ce devrait être sans importance pour elle.

— Vous êtes audacieuse. J'apprécie cela. Ne me décevez pas.

— Ne faites pas attention à ma grand-mère, intervint Lady Viola en jetant à la douairière un regard d'exaspération feinte. Elle aime épouvanter les gens.

Penchée en avant, elle sourit à Beatrice et Caroline.

— Ne la laissez pas vous faire peur, elle ne vous en aimera que plus.

La douairière grommela.

Quelques minutes plus tard, elles arrivèrent sur Bond Street. Leur premier arrêt était un drapier spécialiste du lin, où la douairière prévoyait d'acheter du tissu pour des robes, pour elle et pour Lady Viola. En sortant du fiacre, elle regarda sèchement Beatrice et Caroline.

— Ne touchez à *rien*.

Prenant le bras de sa petite-fille, elle les précéda à l'intérieur. Caroline se pencha alors vers Beatrice et chuchota :

— Tu regrettes que nous soyons venues ? Si nous n'allions pas chez *Gunter*, je demanderais à retourner à la maison de Sa Grâce.

— Venez, les filles, et pas de messes basses, dit Isabelle.

Au fond, elle ne pouvait pas vraiment reprocher à Caroline ses griefs.

Une fois à l'intérieur de la boutique, toute irritation se dissipa chez les jeunes filles lorsqu'elles contemplèrent l'étalage de soies, de mousselines et de velours. Isabelle resta près d'elles, craignant que Caroline ne puisse s'empêcher de caresser l'une des somptueuses étoffes. Elle surveillait également la douairière, que Lady Viola conduisait vers le comptoir. Dès qu'elle eut installé sa grand-mère sur un fauteuil, elle revint vers elles.

— Cela vous plairait de toucher du tissu ? leur proposat-elle avec une étincelle dans l'œil.

— Sa Grâce a dit que nous ne pouvions pas, répondit Caroline, dépitée.

— Sa Grâce ne connaît pas le coin spécial.

Lady Viola haussa ses sourcils clairs d'un air suggestif.

— Venez avec moi.

Elle les conduisit au fond de la boutique.

Curieuse, Isabelle les suivit, impatiente de voir en quoi ce coin était « spécial ». La réponse ne se fit pas attendre.

Il y avait là deux caisses : l'une débordante de poupées et l'autre de robes aussi chatoyantes et bariolées que celles qui ornaient la boutique.

Caroline prit immédiatement une poupée et une robe, puis s'assit sur une chaise. Beatrice paraissait beaucoup plus réticente, mais Isabelle voyait bien qu'elle avait envie de suivre l'exemple de sa sœur.

Lady Viola s'en rendit compte, elle aussi. Elle s'approcha de Beatrice et lui parla à voix basse, assez fort cependant pour qu'Isabelle puisse l'entendre.

— Je sais que tu es trop grande pour les poupées, mais celles-ci servent à faire des échantillons de robes... des robes miniatures. La gérante du magasin place les poupées et les robes qu'elle n'utilise plus ici pour sa jeune clientèle. Ainsi, tu peux observer les robes sous toutes leurs coutures.

Beatrice la regarda, encore hésitante, puis elle jeta un œil vers Isabelle, qui lui fit un signe encourageant. Enfin, elle abandonne son indécision et se rendit vers la caisse de tenues miniatures. Elle en choisit plusieurs et s'assit pour les examiner avec soin et admiration.

Lady Viola rejoignit Isabelle, qui la remercia.

— Comment le saviez-vous ?

La sœur de Val haussa les épaules.

— Il y a quelques années, j'ai convaincu Monsieur Broomall de créer cet espace pour tous les pauvres gamins traînés ici par leurs mères. Cela a été un soulagement pour tout le monde, notamment parce qu'il protégeait ainsi son inventaire contre les petites mains intrusives.

— Je suis sûre qu'il a adopté votre suggestion avec joie.

— Il a fallu un peu de persuasion, mais finalement, oui.

Elle ajouta d'un air penaud :

— Je peux être assez persuasive. Vous demanderez à mon frère.

Ce n'était pas nécessaire. Val lui avait dit que Viola était forte et bien plus intelligente qu'elle n'aurait dû l'être. Apparemment, l'âge n'avait fait qu'affûter ces traits de caractère. Ce qu'Isabelle ne comprenait pas, c'était pourquoi Lady Viola n'était pas encore mariée. Elle était belle, brillante, charmante et issue de l'une des meilleures familles d'Angleterre.

Soudain, elle prit conscience de ce que Lady Viola

venait de dire : *Vous demanderez à mon frère*. Pensait-elle qu'ils se côtoyaient ? Pire encore, *savait-elle* qu'ils s'étaient fréquentés autrefois *?*

Isabelle tenait à préciser que ce n'était pas le cas.

— J'ai peur de ne pas vraiment connaître Sa Grâce. Je n'ai guère l'occasion de lui parler.

— Non, bien sûr. C'est dommage, car il est plutôt drôle. Quand il n'est pas arrogant. En fait, je dirais qu'il est parfois drôlement arrogant.

Isabelle pouffa malgré elle. C'était une description tout à fait appropriée, ou du moins, c'était le cas dix ans plus tôt. Val ne semblait pas avoir beaucoup changé. Isabelle se ressaisit.

— Je ne voulais pas rire. Seulement, vous avez peint un tableau... plutôt *drôle.*

— Avez-vous des frères et sœurs, Madame Cortland ?

Isabelle secoua la tête.

— Non, mais je le regrette en vous entendant.

— Si vous passiez du temps avec moi et Val... Sa Grâce, se reprit-elle avec un air extrêmement pompeux, vous pourriez changer d'avis. Nous sommes terribles ensemble, mais seulement parce que nous nous trouvons vraiment insupportables.

Elle avait parlé avec un tel enthousiasme qu'Isabelle sourit.

— Je ne vous crois pas. On dirait que vous vous aimez beaucoup, au contraire.

Isabelle savait que c'était la vérité, parce que Val le lui avait dit. Il avait pris soin de s'occuper de sa jeune sœur, surtout après la mort de leur mère pendant ses études à Oxford.

— Oubliez cela tout de suite, je vous prie. Si jamais Val apprenait que je tiens tant à lui, sa tête enflerait jusqu'à atteindre cinq fois sa taille déjà monstrueuse.

Elle jeta un œil vers le comptoir où la douairière était assise et les regardait, les lèvres pincées.

Avec un soupir contrit, Lady Viola la pria de l'excuser un moment, puis traversa la boutique pour rejoindre sa grand-mère qui examinait différents tissus. Isabelle regarda Beatrice et Caroline concentrées sur chaque vêtement que renfermait la caisse. Elles avaient complètement oublié leur retenue et discutaient à bâtons rompus sur les étoffes, les accessoires et leur désir de posséder telle ou telle parure.

— Un jour, nous en aurons, déclara Beatrice avec conviction. Maman dit que je peux épouser un duc.

— Le seul duc que nous ayons rencontré est Sa Grâce, et il est vieux, répondit Caroline avec une grimace.

— Je n'ai pas encore rencontré *mon* duc, idiote. Je n'ai même pas encore fait mon entrée dans le grand monde. De toute manière, Sa Grâce est bel homme et il n'est pas si vieux.

Devant le regard d'horreur de Caroline, Beatrice leva les yeux au ciel.

— Évidemment. Tu n'as que dix ans et tu n'as pas encore réalisé que... enfin, peu importe.

Sa petite sœur lui lança un regard taquin.

— Que les garçons, y compris les ducs, sont des rustres ? Je le sais depuis toujours. C'est toi qui ne l'as toujours pas compris.

Isabelle avait envie de rire des propos de Caroline, qui combinait naïveté et perspicacité, mais elle frémissait devant ceux de Beatrice, qui avait remarqué la beauté de Val. Elle était bien trop jeune pour s'intéresser à cela, et quoi qu'elle en dise, il était résolument trop âgé pour elle.

Nullement, ton propre père avait quatorze ans de plus que ta mère, et Val n'a que seize ans de plus que Beatrice.

Tout de même, l'idée d'une telle union rendait Isabelle

malade.

Est-ce à cause de la différence d'âge, ou parce que c'est Val et que tu le voudrais pour toi seule ?

Et voilà qu'elle se posait à nouveau des questions ! Isabelle regarda vers le comptoir pour constater que la douairière et Lady Viola avaient terminé. La jeune femme aida sa grand-mère à se relever, puis elle lui prit le bras et la guida vers la porte. Lady Viola échangea un regard avec Isabelle, qui hocha la tête en guise de réponse.

— Il est temps d'y aller, les filles, lança-t-elle.

— Pourrons-nous faire de véritables achats, nous aussi ? demanda Beatrice d'un ton geignard. Ou devons-nous seulement les regarder faire ?

Elle lança un regard mécontent en direction de la douairière et de Lady Viola qui sortaient du magasin.

— Oui, c'est prévu.

Isabelle ne savait pas vraiment si elle pourrait leur faire plaisir, mais elle ferait de son mieux. La bourse que Lord Barkley lui avait donnée lestait la poche de son manteau.

Heureusement, l'arrêt suivant était une boutique où les filles purent choisir des rubans, et la douairière leur fit la surprise de les leur offrir.

— Vous vous êtes très bien comportées, mesdemoiselles. Cela témoigne de la qualité de votre gouvernante.

La vieille dame adressa à Isabelle un regard approbateur.

Une fois de retour dans le fiacre, elle demanda aux filles ce qu'elles aimaient étudier.

— J'aime l'histoire, répondit Beatrice.

— Et moi les langues, fit Caroline avec enthousiasme. Et les mathématiques. Les sciences aussi.

La grand-mère regarda Isabelle, haussant son fin sourcil gris.

— Vous leur enseignez les sciences ?

— Un peu. La géologie, la biologie et l'astronomie.

Beatrice sourit.

— J'aime vraiment l'astronomie.

— Vous êtes très éduquée, dit la douairière à Isabelle. Ce n'est pas étonnant que vous soyez gouvernante. Et pourtant, vous êtes une Madame, j'en déduis donc que vous étiez mariée ?

— En effet. Mon mari est décédé il y a six ans et j'ai eu la chance de trouver ce poste dans la famille de Lord Barkley.

— C'est nous qui avons de la chance, dit Beatrice avec tendresse, réchauffant le cœur d'Isabelle.

— Avez-vous des parapluies, mesdemoiselles ? demanda la douairière, changeant abruptement de sujet. Il va pleuvoir avant notre prochain arrêt.

— Elles n'en ont pas, admit Isabelle.

Lady Viola agita la main.

— Ce n'est pas grave. Et si nous les emmenions chez *Dalwiddy*, grand-mère ?

— Bien sûr.

Quelques minutes plus tard, elles s'arrêtèrent devant un magasin présentant tout un assortiment d'ombrelles et de parapluies. Là, la vieille dame fit à nouveau des frais en offrant des parapluies aux filles, ainsi qu'à Isabelle qui accepta le cadeau avec un sentiment étrange. Elle se garda bien de refuser en voyant le regard dissuasif de Lady Viola.

Par la suite, la pluie se mit à tomber dru et elles décidèrent de se rendre directement chez *Gunter*. À l'intérieur de la confiserie, Lady Viola installa sa grand-mère à une table, puis rejoignit Isabelle et les filles au comptoir. Beatrice et Caroline admiraient déjà la gamme de sucreries.

— Je suis incapable de décider, commenta l'aînée, soucieuse.

Les yeux de Caroline étaient écarquillés.

— Je veux un peu de tout.

— Prenez votre temps pour choisir, leur dit Lady Viola.

L'homme derrière le comptoir lui remit une assiette de sucre filé et elle lui sourit avec reconnaissance.

— Merci.

Se tournant vers Isabelle, elle lui expliqua :

— C'est le diavolini à la menthe poivrée de grand-mère. Il sait qu'il faut le préparer dès notre arrivée. Je reviens tout de suite.

Isabelle aida Beatrice, qui jeta son dévolu sur une crème glacée à la fleur de sureau, tandis que Caroline choisissait un cygne élaboré en sucre filé. Tenant son assiette avec le cygne dans ses mains, la fillette leva les yeux vers Isabelle.

— C'est presque trop joli pour être mangé.

— Presque ? demanda Isabelle avec un sourire.

— Oh, mais je vais le manger.

Caroline pinça les lèvres avec une détermination juvénile et suivit sa sœur à la table de la douairière.

Lady Viola revint auprès d'Isabelle.

— Avez-vous décidé ce que vous allez prendre ?

— Je n'ai besoin de rien.

— Oh, allez. Quelque chose vous fait envie, forcément, même si ce n'est qu'un peu de diavolini. Grand-mère préfère la menthe poivrée, mais au chocolat, c'est encore meilleur. Ne le lui dites pas. Vous devez en goûter un peu.

Lady Viola en commanda plusieurs et Isabelle décida qu'il était inutile de protester plus longuement.

— Papa !

Le cri enthousiaste de Caroline retentit dans la boutique et Isabelle tourna la tête pour voir entrer Lord Barkley. Il n'était pas seul.

Sur ses talons se trouvait l'homme qu'elle avait si éperdument besoin d'éviter.

CHAPITRE 5

Val prit le temps de regarder sa sœur en compagnie de son ancienne maîtresse. Toutes les deux avaient l'air très amicales. Pendant un instant, il se contenta de les contempler en se demandant de quoi elles pouvaient bien discuter. Isabelle savait tout de Viola, mais sa sœur ignorait son histoire avec elle. Et la situation n'allait certainement pas changer.

Barkley alla rejoindre ses filles, assises auprès de la grand-mère de Val. Elle semblait bien s'en occuper. Elles étaient droites sur leurs chaises, sages et immobiles. Après avoir exprimé sa joie en voyant arriver son père, Caroline échangeait à mi-voix avec sa sœur.

Se rendant au comptoir au moment où l'homme tendait une assiette de diavolini à sa sœur, Val prit l'une des confiseries et la fourra dans sa bouche.

— Délicieux.

Il regarda Isabelle en demandant :

— Avez-vous goûté ?

— Pas encore.

— Vous devriez.

Il dut se retenir d'en prendre une autre pour la lui donner lui-même. Mais à quoi pensait-il ? La réponse était simple : qu'il avait dix ans de moins, de retour à Oxford, le jour où il avait offert à Isabelle une boîte de confiseries. Puis il l'avait embrassée, et son goût était encore plus sucré que la fleur de caramel qu'il lui avait donnée.

Cette ligne de pensée était bien trop traîtresse et il l'abandonna immédiatement.

— Comment étaient les boutiques ? demanda-t-il.

— Tu connais grand-mère, répondit Viola, elle a acheté à tout le monde des parapluies et des rubans pour les filles.

Un petit groupe entra dans la confiserie au même instant, ce qui incita Val à leur proposer de s'asseoir. Il les conduisit vers la table à côté de celle de sa grand-mère, déjà pleine. En tirant la chaise d'Isabelle pour lui permettre de s'asseoir, il reçut immédiatement un regard intrigué de la part de Viola. Selon les convenances, c'était sa chaise qu'il aurait dû tirer en premier. Une fois de plus, comme dix ans auparavant, Isabelle lui faisait oublier le bon sens.

Avant qu'il ne puisse adresser cette politesse à sa sœur, elle s'était déjà installée.

— Je ne savais pas que tu nous rejoindrais ici.

— J'ai décidé d'accompagner Barkley.

Le baron à la table voisine se pencha vers eux.

— J'ai dit aux filles qu'il y aurait une surprise, mais j'ai peur que ce ne soit pas tout à fait prêt, alors j'ai invité Sa Grâce à la place.

Il souriait à ses filles, comme si la présence de Val pouvait les impressionner.

Ce dernier constatait cependant que ce n'était pas le cas. Impressionnait-il seulement Isabelle ? Il décocha un regard furtif dans sa direction. Elle essayait enfin l'un des diavolini. Apportant un morceau à ses lèvres, elle les entrouvrit et le mit dans sa bouche, lui offrant un bref aperçu de sa langue.

Au même instant, la grand-mère se redressa sur sa chaise, comme si sa colonne vertébrale droite comme un piquet pouvait devenir plus raide encore. Elle s'adressa à Barkley.

— Je parlais avec les filles en grec avant votre arrivée, Lord Barkley. Elles ont été bien éduquées.

Tout en parlant, elle regarda Isabelle avec approbation avant de reporter son regard de faucon vers les filles.

— Maintenant, dites-moi, quelles sont vos danses préférées et de quels instruments jouez-vous ?

Caroline grimaça, et la grand-mère de Val prit une vive inspiration lorsque la fillette répondit :

— Nous n'avons encore rien appris de cela.

Isabelle se pencha pour poser une main douce sur celle de la jeune fille, avant de lui murmurer quelque chose à l'oreille. Caroline hocha la tête, puis ses traits se détendirent et elle souffla :

— Pardon.

Grand-mère darda son regard acéré sur Isabelle.

— Vous ne les instruisez pas sur ces choses-là ? Il est grand temps que Mademoiselle Spelman commence à maîtriser un instrument de musique.

— Je n'enseigne ni la musique ni la danse, expliqua Isabelle en repliant ses mains sur ses genoux.

— Je vois.

La désapprobation de sa grand-mère était évidente et Val observa Isabelle à la recherche d'une réaction éventuelle, mais elle demeura impassible. Elle était douée. Très douée. À moins qu'elle se fiche éperdument de l'opinion de la duchesse. Après tout, quelle importance ?

Cependant, Val ne voulait pas qu'Isabelle se sente humiliée.

— Grand-mère, Madame Cortland est l'une des femmes les plus instruites d'Angleterre. Son père était très bien considéré à Oxford.

— Tu le connaissais ?

— Il n'était pas le directeur de mon collège, mais j'ai assisté à quelques-unes de ses conférences. C'était un érudit renommé en littérature grecque.

C'était lors d'une de ces conférences qu'il avait rencontré Isabelle, assise en fond de classe, habillée comme un garçon. Elle avait échappé à l'attention de tous, sauf à celle de Val. Dernier à partir, il avait vu Isabelle se lever. Elle avait fait tomber son manuel, et quand elle s'était penchée pour le récupérer, son chapeau s'était détaché et il avait aperçu ce qu'elle avait tenté de dissimuler : qu'elle n'était pas un jeune étudiant, mais une très belle fille.

— Nous n'avons pas engagé Madame Cortland pour enseigner aux filles la musique, la broderie et toutes ces choses de... dames, déclara Monsieur Barkley. Ces aspects seront pris en charge par quelqu'un d'autre.

Sur ce, il prit un morceau de diavolini. Val entendit Viola retenir son souffle et il échangea un regard avec elle. Leur grand-mère ne partageait ses confiseries à la menthe avec *personne*.

Barkley se frotta les mains sans remarquer le regard glacial que lui lançait la vieille dame.

— Il est temps de partir, les filles. J'ai une surprise pour vous à la maison. Enfin, à la résidence de Sa Grâce. Bientôt, nous serons chez nous. Notre propre maison sera peut-être prête plus vite que prévu.

Val s'empressa de parler avant que sa grand-mère ne reproche à Barkley de lui avoir chapardé un peu de son délice à la menthe poivrée.

— Parce que vous ne cessez de presser les ouvriers qui

y travaillent. On pourrait croire que mon hospitalité laisse à désirer.

— Bien sûr que non ! s'esclaffa Barkley, jovial, ignorant une fois de plus le trouble de la vieille dame.

Il regarda tout le monde et lança à la cantonade :

— Alors, nous sommes prêts ?

— Pas moi, répondit froidement la grand-mère. Mais je ne voudrais pas vous empêcher de partir.

Elle regarda Val et ajouta :

— Ne pars pas, toi. Mon fiacre te raccompagnera.

Barkley se leva, invitant ses filles à suivre son exemple.

— Merci pour votre générosité aujourd'hui, Votre Grâce.

Il s'inclina devant la grand-mère de Val, puis se tourna avec impatience vers Madame Cortland, qui se levait à son tour. Lord Barkley se déplaça pour l'aider, lui posant une main dans le dos alors qu'elle se tenait debout.

Val était déçu de voir Isabelle partir, car c'était le seul moment qu'ils passaient ensemble depuis cette première nuit. Ce n'étaient pas exactement les circonstances idéales. Il voulait être seul avec elle, découvrir tout ce qui avait changé chez elle et ce qui était demeuré identique. Il se rendit compte qu'il aurait aimé remonter le temps, comme si c'était possible.

Bien sûr, ils ne le pouvaient pas, et il avait intérêt de s'en souvenir. C'était une tentation à laquelle il ne pouvait pas céder, un souvenir qu'il devait laisser derrière lui.

Isabelle esquissa une révérence adressée à la douairière, limitée par les chaises autour d'elle.

— Merci, Votre Grâce.

Puis elle regarda Viola.

— Lady Viola.

Cette dernière lui sourit avec chaleur.

— J'espère vous revoir, Madame Cortland.

Barkley et Isabelle sortirent avec les filles. Aussitôt, la grand-mère plissa les yeux et demanda à Viola :

— Pourquoi reverrais-tu cette Madame Cortland ?

Avec un haussement d'épaules, Viola picora les derniers diavolini au chocolat qu'il lui restait.

— Peut-être que nous les emmènerons à nouveau faire les boutiques. Nous devrions aller à *Hatchards*. Je suis persuadée qu'elle adorerait, tout comme les filles.

Oui, Isabelle devrait aller à *Hatchards*. Pourquoi Val n'y avait-il pas pensé ?

— Ce ne sera pas nécessaire, commenta la grand-mère en prenant son dernier bonbon à la menthe poivrée. J'ai rendu service à Eastleigh, c'est suffisant.

— Vous aviez l'air de les apprécier, répondit Viola avec un soupçon d'exaspération.

— Cela ne veut pas dire que je tiens à les revoir. Je suis une femme occupée, Viola. De plus, leur père est un rustre.

La vieille dame pinça les lèvres en signe de mépris avant de mettre la confiserie dans sa bouche.

Val se tourna alors vers sa sœur.

— Et toi, comment les as-tu trouvées ?

— Délicieuses. Les filles sont curieuses et charmantes, et Madame Cortland est terriblement intelligente. J'aimerais lui présenter mon cercle d'amies.

Leur grand-mère lâcha un grognement fort peu élégant.

— Tes amies sont étranges.

Viola n'était pas offensée le moins du monde par la déclaration de leur grand-mère. Si Val et elle s'offusquaient chaque fois que la douairière disait le fond de sa pensée, ils passeraient leur vie dans un état d'irritation perpétuel.

— D'aucuns pourraient dire que *je* suis étrange, mais je sais que vous ne voulez pas l'entendre.

— Tu as raison. Je ne veux pas l'entendre.

Elle se leva et Val bondit pour l'aider.

— Partons. J'ai de la correspondance à traiter, puisque le temps ne me permet pas de me rendre au parc.

Lorsqu'ils arrivèrent au fiacre, le valet aida la douairière à se hisser à l'intérieur. Val ne put résister à l'envie de demander à sa sœur :

— Tu as trouvé Madame Cortland intelligente ?

— Brillante. J'aurais aimé être éduquée comme elle.

Il y avait un accent presque mélancolique dans son intonation. Viola était passionnée par les lettres et écrivait depuis qu'elle était en âge de tenir la plume.

— Tu t'es bien débrouillée, même si papa a toujours estimé que tu n'avais besoin de rien d'autre que la broderie, la danse et le charme.

— Le charme n'était pas vraiment un sujet d'étude.

Il lui offrit sa main pour l'aider à monter.

— Ce doit être pour cela que tu n'es pas très douée.

Elle lui lança un sourire espiègle.

— Sans doute.

— Bon, montez-vous ? s'exclama la grand-mère. Il fait très froid.

À l'intérieur du fiacre, Val se prépara à ce qui devait advenir. Il ne pouvait pas s'attendre à voir sa grand-mère sans subir un interrogatoire suivi d'un sermon.

— Quelles sont tes perspectives de mariage, Eastleigh ?

— Les mêmes que la dernière fois que je vous ai vue, il y a quoi, quatre jours ?

— Ne sois pas insolent avec moi, gronda-t-elle de l'autre côté de la banquette alors qu'ils faisaient le tour de la place. Tu auras trente ans cette année. Je comprends ta réticence à reprendre une épouse après le désastre de ton premier mariage, mais tu es plus âgé et plus sage, maintenant, ton choix sera plus avisé. Si tu m'avais laissé choisir la première fois...

Viola posa une main sur le bras de la douairière.

— Si vous vous souvenez bien, je vous ai laissé choisir *mon* mari, et vous voyez comment cela a tourné.

Sa grand-mère ne semblait pas convaincue par cet argument, mais le contraire eût étonné Val. C'étaient là de sempiternels débats.

— Je dis toujours qu'il n'y avait rien de vraiment mauvais chez lui. De toute façon, tu l'aurais remis sur les rails. Tu es ma petite-fille, après tout.

Val réprima un sourire. En matière de discussions, et dans bien d'autres domaines, d'ailleurs, leur grand-mère n'admettait jamais sa défaite.

— Et Lady Penelope ? suggéra-t-elle. Elle est bien élevée, belle, et sa lignée est irréprochable. Elle semble aussi très facilement intimidable, ce qui devrait t'éviter les problèmes que tu as rencontrés avec cette femme.

Elle ne prononçait jamais le nom de la première épouse de Val, ce qui lui convenait parfaitement.

— Grand-mère, vous intimidez *tout le monde* avec votre regard, alors ce n'est pas vraiment fiable, déclara Viola.

Les lèvres de la douairière frémirent, mais elle ne sourit pas. Selon elle, ce serait vulgaire.

— C'est vrai.

— Je crois que je ne vois même pas qui est cette Lady Penelope, dit Val.

Évidemment, il le savait très bien. Cole, son meilleur ami, connaissait tout le monde, alors par ricochet, Val aussi. Il ne connaissait pas personnellement Lady Penelope, mais il se souvenait vaguement d'avoir été présenté à la jeune femme une semaine plus tôt, sans certitude aucune.

Leur grand-mère exprima toute sa désapprobation envers lui :

— Si tu fréquentais un peu plus l'*Almack's*, tu la connaîtrais, elle et bien d'autres jeunes filles tout aussi convenables. Nous sommes mercredi. Allons-y ce soir.

Il n'avait aucune envie d'aller à l'*Almack's* ce soir, pas plus qu'aucun autre soir, d'ailleurs. Il grimaça avant de s'excuser :

— J'ai déjà des projets.

— Tu as toujours des projets.

— Je suis un membre éminent de la Chambre des Lords. Je préside un comité et...

Elle l'interrompit en agitant la main.

— La semaine prochaine, alors, et je n'accepterai aucun refus.

Val serra les dents, mais il savait qu'il ne fallait pas discuter avec elle. Il ferait en sorte qu'un événement exigeant sa présence survienne entre-temps. Peut-être pourrait-il convaincre Cole d'avancer son mariage. À mercredi soir prochain.

Ils étaient arrivés devant la maison de leur grand-mère depuis quelques minutes, et Val était bien décidé à échapper à une nouvelle leçon de morale.

— Je peux rentrer à pied.

— Ne sois pas bête, lui dit la vieille dame. Le cocher va te conduire. Il risque encore de pleuvoir.

Le valet ouvrit la porte et Val fit ses adieux à sa grand-mère et à sa sœur. Le trajet jusqu'à Grosvenor Square ne prit que quelques minutes, puis il renvoya le fiacre à Berkley Square.

Le majordome de Val, Sadler, l'accueillit. À son froncement de sourcils, il comprit que quelque chose n'allait pas.

— Que se passe-t-il ? demanda-t-il sans préambule.

— Nous avons des invités supplémentaires, Votre Grâce, répondit Sadler à voix basse en refermant la porte.

Val enleva son chapeau et ses gants et les remit à un valet.

— *Des* invités ?

— Lady Barkley est arrivée, et elle n'est pas seule.

Qui aurait-elle amené ? Était-il arrivé quelque chose au fils de Barkley à Oxford ?

— Est-ce leur fils ?

— Non, j'ai peur que ce soit une nouvelle gouvernante.

Juste ciel. Val eut tout de suite envie d'aller voir Isabelle, ce qu'il devait absolument se retenir de faire. Raisonnant avec logique, il laissa retomber son indignation. Les filles avaient besoin d'une gouvernante qui leur apprendrait des affaires de dames, comme Barkley l'avait dit, ce qu'Isabelle ne pouvait pas prendre en charge. Voilà qui expliquait la présence de cette nouvelle préceptrice.

Cependant, il ne pouvait pas ignorer un sentiment de malaise persistant.

— Nous avons beaucoup de place.

— Eh bien, pas vraiment. Les deux gouvernantes devront partager une chambre.

Val se remémora la superficie de la chambre de bonne d'Isabelle, surtout le lit étroit qui avait attiré son attention – avec cette femme, il se changeait en vraie crapule lubrique.

— Ce n'est pas assez grand.

— Il faudra faire avec, monsieur. Nous y travaillons en ce moment.

— Tenez-moi au courant. Je suis curieux de savoir comment vous vous débrouillerez, mais j'ai de sérieux doutes. En attendant, je serai dans mon bureau.

Il ne pouvait pas s'autoriser à aller voir Isabelle.

En passant devant la bibliothèque, Val entendit des éclats de voix à travers la porte entrouverte. Tendant l'oreille, il jeta un œil à l'intérieur et aperçut Barkley, adossé contre le mur. Il avait les traits tirés et les bras croisés devant son torse. Visiblement, il était très mal à l'aise.

— Ce n'est pas juste ! Je ne l'aimerai jamais !

Une fille fondit en larmes dans un sanglot déchirant et Mademoiselle Caroline sortit en trombe de la bibliothèque, manquant se heurter à Val dans sa hâte. Elle ne s'arrêta même pas et le dépassa au pas de course.

Sa sortie précipitée avait ouvert la porte en grand, et à présent, Val avait une vue franche sur l'intérieur... tout comme les occupants de la pièce pouvaient le voir.

— Non, je vais la suivre, dit Lady Barkley à Isabelle avant de se diriger vers la porte. C'est *ma* fille.

Lady Barkley s'avança – une femme mince comme un roseau, aux cheveux prématurément grisonnants et à la petite bouche pincée dans une moue revêche. Au moment où elle le vit, ses yeux sombres s'écarquillèrent et elle s'arrêta brutalement. Elle fit une révérence maladroite.

— Votre Grâce. Veuillez pardonner le comportement de ma fille.

— Je suis désolé de la voir aussi bouleversée.

Avec un signe de tête, Lady Barkley le remercia de sa sollicitude et passa devant lui d'une démarche altière, les épaules raides comme une cravate trop amidonnée.

Val s'attarda devant la bibliothèque. Barkley s'était écarté du mur, mais ne semblait que plus affligé, à en juger par les rides qui lui plissaient la bouche et le contour des yeux. La petite Spelman avait passé les bras autour de la taille d'Isabelle. Une inconnue, certainement la nouvelle gouvernante, se tenait à l'autre bout de la pièce, le visage livide et les mains crispées. Elle devait avoir quelques années de plus qu'Isabelle et semblait peut-être encore plus bouleversée que Barkley. Que s'était-il passé ?

— Lâche Madame Cortland, Beatrice. Elle ne partira pas tout de suite.

Isabelle tapotait le dos de la jeune fille. Elle lui inclina la tête pour lui murmurer quelque chose à l'oreille. Mademoiselle Spelman acquiesça, puis se détacha de la gouvernante. Avec un regard furieux vers son père, elle se détourna et se dirigea vers la porte. Comme sa mère avant elle, elle exécuta une révérence devant Val avant de passer son chemin.

Barkley adressa un regard dépité à Val.

— Toutes mes excuses pour cette perturbation. Permettez-moi de vous présenter notre nouvelle gouvernante, Mademoiselle Shipley.

Mais son attention n'était pas sur la nouvelle venue. C'était Isabelle qu'il regardait.

Mademoiselle Shipley fit une profonde révérence.

— Enchantée de faire votre connaissance, Votre Grâce, dit-elle, les yeux rivés au sol.

— Tout le plaisir est pour moi.

Val avait envie de les mettre dehors, Barkley et elle, et de garder Isabelle pour lui tout seul. Pire encore, il voulait frapper Barkley. Avait-il dit qu'Isabelle allait *partir* ? Bon Dieu, il la licenciait.

Val n'eut pas l'occasion de réagir, car Isabelle s'inclina poliment avant de murmurer :

— Veuillez m'excuser.

Puis elle s'en alla et il dut se refréner pour ne pas lui emboîter le pas.

CHAPITRE 6

orsqu'Isabelle arriva au troisième étage, elle eut l'impression qu'elle risquait d'éclater. La colère, la douleur et la tristesse s'étaient mêlées pendant son ascension et formaient une boule brûlante qui menaçait de la consumer de l'intérieur.

La porte de sa chambre était ouverte et deux valets de pied essayaient de faire entrer un deuxième lit dans l'espace exigu.

— Je ne vois pas comment cela pourrait rentrer, commenta celui qui se trouvait à l'intérieur.

— Pas le choix, protesta l'autre. Monsieur Sadler a insisté.

— Qu'il vienne le faire lui-même.

Le premier avait l'air plutôt mécontent.

Enfin, toujours moins qu'Isabelle.

Tournant les talons, elle repartit par là où elle était venue, priant pour ne pas tomber sur ses employeurs, ou pire, sur les filles. La pauvre Caroline était si bouleversée, tout à l'heure. Le cœur d'Isabelle souffrait pour elle. Elle s'était rapprochée des deux sœurs et cela la chagrinait de ne pas rester pour les voir s'épanouir pleinement.

Isabelle déglutit pour réprimer la boule qui lui obstruait la gorge. Elle avait déjà affronté, et surtout, surmonté une déception. Ce n'était pas le pire qui puisse lui arriver, ni le pire qui lui soit déjà arrivé. Elle avait réussi à sortir de la misère et du désespoir, et elle refusait de revenir en arrière.

Heureusement, elle ne croisa personne lorsqu'elle retourna au rez-de-chaussée. Dans l'entrée, le valet posté à la porte regarda dans sa direction, mais elle s'empressa de le dépasser.

Tournant sur sa droite, elle passa d'un pas rapide devant la bibliothèque en direction du bureau de Val. Elle n'était dans la maison que depuis quelques jours, mais elle s'était fait un devoir d'en dresser une carte mentale pour mieux esquiver son hôte. Jusqu'à présent.

Maintenant, elle était déchirée entre l'envie de le trouver là et l'espoir qu'il soit ailleurs, pour ne pas avoir à subir l'embarras d'une confrontation, à présent qu'elle n'avait plus d'emploi.

Pourquoi devrait-elle être gênée ? Ce n'était pas sa faute, après tout, si Lady Barkley avait soudain décidé d'engager une nouvelle gouvernante. Était-ce seulement si soudain que cela ? Pour autant qu'Isabelle le sache, elle avait prévu de le faire depuis un certain temps déjà. Peut-être que chaque « visite » chez sa tante « malade » correspondait à un entretien pour son remplacement. Cette pensée raviva sa colère et sa douleur d'avoir été licenciée de manière aussi brutale.

Pourquoi la baronne n'avait-elle pas dit à Isabelle qu'elle voulait la remplacer ? Elle aurait alors pu se mettre à la recherche d'un nouveau poste pendant que Lady Barkley prospectait pour engager une nouvelle gouvernante. Pour une raison quelconque, sa patronne n'avait pas voulu lui accorder cette courtoisie.

La porte du bureau était entrouverte, mais elle dut la pousser pour entrer. Assis à son fauteuil devant une liasse de documents, Val leva les yeux.

Aussitôt, il contourna le bureau pour s'approcher d'elle. Il était très beau, encore plus qu'auparavant. Les ridules autour de ses yeux prouvaient qu'il riait toujours autant que lorsqu'elle l'avait connu.

Il ne prit pas ses mains dans les siennes, mais il était évident qu'il en avait envie. Au lieu de quoi, il les garda le long de son corps.

— Isabelle, je suis désolé pour votre poste.

— Je suis seulement venue voir si je pouvais vous emprunter un parchemin. Et une plume d'oie. Enfin, pas *emprunter* le parchemin, puisque j'ai l'intention d'écrire dessus et de l'envoyer. La plume, en revanche, je vous la rendrai. Il me faudrait aussi rester dans votre bureau pour pouvoir mener mes affaires. J'ai bien peur de ne pas pouvoir utiliser ma chambre, car deux domestiques sont actuellement là-haut, à essayer de faire entrer un autre lit à l'intérieur, et j'aime mieux éviter la bibliothèque au cas où...

Abandonnant toute hésitation, Val lui prit la main. Elle se trouva instantanément apaisée par sa chaleur et sa force.

— Vous divaguez toujours quand vous êtes contrariée.

— Quand m'avez-vous déjà vue contrariée ?

Il se renfrogna.

— Quand l'un des étudiants de votre père a volé la dissertation que vous aviez écrite sur *Les Lettres anglaises philosophiques* de Voltaire.

Bien sûr, elle se le rappelait. Val avait compris son indignation, allant même jusqu'à prendre l'affaire en main, si ses souvenirs étaient exacts.

— Il me semble que vous lui avez donné un bel œil au beurre noir, ce soir-là, je me trompe ?

Il sourit, aussi fier qu'à l'époque.

— Avec une grande joie.

Son sourire s'estompa et il demanda :

— Faut-il aussi que je rectifie le portrait de Barkley ? Cela me plairait bien.

— Aussi satisfaisant que cela puisse être, vous n'êtes plus le fringant duc d'Eastleigh. Du moins, je l'espère. Vous avez sûrement mûri.

Il s'appuya contre son bureau et croisa les bras sur sa poitrine.

— Je pensais que vous aimiez le fringant duc d'Eastleigh.

En effet, peut-être même trop.

— Je crois que son caractère a dépeint sur moi. Ce n'est pas juste. J'étais tout aussi... fringante que vous dans mon comportement.

Elle secoua la tête avant d'ajouter :

— Mais je ne suis pas venue ici pour évoquer des souvenirs. Je dois écrire des lettres, car j'ai besoin d'un nouvel emploi.

Avec un rictus, il désigna l'un des fauteuils à dossier évasé devant l'âtre, où brûlait un petit feu fort agréable.

— Voulez-vous vous asseoir ?

Elle ne voulait pas s'asseoir, elle voulait écrire. Et pour cela, il devait lui fournir les outils dont elle avait besoin. Dans un effort de patience, Isabelle alla s'asseoir sur le bord du siège.

Val prit place sur l'autre fauteuil, de sorte que ses genoux se retrouvèrent tout près des siens. Elle se décala sur son coussin. Il haussa légèrement les sourcils, indi-quant qu'il avait remarqué son mouvement. Heureuse-ment, il ne fit aucun commentaire, même si elle était prête à lui expliquer qu'ils devaient garder leurs distances.

— J'affranchirai vos lettres avec plaisir, proposa-t-il. Et ne me dites pas que vous ne pouvez pas accepter mon aide. Ce n'est rien. J'imagine que vous ne voudrez pas demander à Barkley.

À vrai dire, elle avait prévu de faire appel à Val sur ce point.

— Merci. Vous avez raison. Je ne veux pas demander à Lord Barkley.

Val se renfrogna.

— Pourquoi n'ont-ils pas engagé cette gouvernante supplémentaire pour les spécialités que vous ne pouviez pas leur enseigner ? Elle ne peut pas être aussi bien éduquée que vous ni donner des leçons aux filles dans toutes les matières où vous excellez.

Ses éloges chassèrent une partie de son désespoir.

— J'ai fait le même raisonnement, mais Lady Barkley estime que ses filles n'ont pas besoin d'apprendre tout ce que je leur enseigne, que c'est superflu.

Peut-être était-ce vrai, surtout pour une femme aussi peu instruite que Lady Barkley, mais Isabelle craignait que la vraie raison de son licenciement ne soit la jalousie de la mère envers la relation étroite qu'elle avait nouée avec Beatrice et Caroline.

— C'est fort peu clairvoyant de leur part. Nous allons vous trouver un meilleur poste. Il y a des familles bien plus influentes que celle de Lord Barkley. Ma grand-mère s'assurera que vous ayez la meilleure nomination...

Elle l'interrompit :

— Non. Je n'ai pas besoin de l'aide de votre grand-mère, je ne veux pas la solliciter. Apparemment, elle aussi estime que j'ai des lacunes. Je doute qu'elle me recommande en tant que gouvernante.

Il fronça les sourcils.

— Le poste de gouvernante n'est peut-être pas adapté, dans ce cas. Vous êtes une préceptrice. Vous pourriez enseigner à des jeunes hommes en plus des femmes.

Elle n'était pas en désaccord, mais ce n'était pas envisageable.

— Personne ne m'engagera pour donner des leçons à leurs fils.

— Avez-vous pensé à enseigner dans une école ? C'est vraiment dommage que vous ne puissiez pas travailler à Oxford. Vous êtes plus intelligente que la plupart des professeurs, ajouta-t-il.

Justement, elle y avait longuement pensé. Elle voulait être directrice de sa propre école et elle avait économisé presque assez d'argent pour en acheter une ou pour fonder la sienne dans l'année ou les deux années suivantes. La perte de son emploi retarderait son projet à moins qu'elle ne retrouve immédiatement un autre poste. Elle devrait peut-être accepter l'aide de la douairière, si cette dernière était disposée à la lui offrir. Isabelle n'en était pas aussi convaincue que Val, mais elle ne connaissait pas bien la vieille dame.

Et pourtant, elle ne pouvait tout de même pas accepter un autre poste de gouvernante en prévoyant de le quitter dans un avenir proche. Elle se demandait comment elle allait pouvoir dire au revoir à Beatrice et Caroline, moment qu'elle redoutait. À présent, elle se sentait envahie par la tristesse. Souhaitait-elle vraiment connaître cela à nouveau dans une autre famille ?

— Je vois que vous réfléchissez beaucoup, dit Val d'une voix douce. Ce doit être un coup dur.

Elle leva les yeux vers les siens.

— Oui, malheureusement. J'apprécie que vous acceptiez d'affranchir ma correspondance.

Il soupira.

— Tout le plaisir est pour moi. Je vais également vous offrir autre chose, et vous ne pouvez pas le refuser. Vous allez vous installer dans l'une des chambres d'amis, au deuxième étage.

Elle voulait refuser. Elle *devait* refuser.

— Que se passera-t-il si je n'accepte pas ?

— Je ne vous laisse pas le choix. Je vais demander à Madame Watkins de déplacer vos affaires tout de suite.

Revoilà son côté trop arrogant.

— Je devrais refuser, vous savez.

— Vous ne pouvez pas. Je n'ai pas assez de place, et à moins de vouloir partager votre réduit avec votre remplaçante, vous séjournerez dans une chambre d'amis.

Présenté sous cet angle, c'était une évidence.

— En effet, je ne peux pas refuser, murmura-t-elle.

Elle détestait ne pas avoir le choix, mais depuis le temps, elle commençait à en avoir l'habitude.

— Servez-vous en parchemin et en plume d'oie, dit-il en se levant. Vous en trouverez sur le bureau, et le papier se trouve dans le tiroir du haut à gauche. Il suffit de mettre mes documents de côté.

— Qu'est-ce que c'est ? demande-t-elle en regardant le dossier ouvert.

— C'est un projet de loi concernant les poids et mesures. Mon ami Colehaven va le présenter. Sa fiancée a participé à sa rédaction.

Isabelle se leva et se dirigea vers le bureau.

— Une femme ?

— Elle est plutôt brillante. D'ailleurs, vous vous entendriez très bien toutes les deux.

Dommage qu'elles ne soient pas appelées à se rencontrer un jour. À moins qu'elle n'ait besoin d'une gouvernante, ce qui était invraisemblable étant donné qu'elle n'était même pas encore mariée.

— Vous souvenez-vous de Cole ? demanda Val.

En le regardant, elle se remémora les deux ducs fringants qui avaient mis Oxford sens dessus dessous pendant un certain temps. D'aucuns les trouvaient exaspérants, mais le père d'Isabelle les appréciait tous les deux. Quant à elle, elle avait immédiatement été captivée par Val.

— Oui. Il va se marier ?

— Bientôt.

Elle ne pouvait s'empêcher de penser au mariage de Val. Elle avait lu des articles à ce sujet dans le journal, au moment même où son mari était décédé. Son soulagement d'être libre avait été éclipsé par sa tristesse d'apprendre que Val ne l'était plus. Avait-elle cru avoir la moindre chance de devenir sa duchesse ? Non, c'était absurde. Elle le savait depuis le début. Et c'était encore plus criant aujourd'hui.

— Je prierai pour que son mariage connaisse plus de bonheur que les nôtres.

Val s'approcha du bureau, le regard sombre.

— Votre mariage était-il malheureux ?

Oui, mais elle n'allait pas l'admettre.

— Je voulais seulement dire que nous avions perdu nos conjoints assez rapidement. Ce n'est pas une fin très heureuse.

Il la fixa un moment, les yeux dans les yeux, puis ses épaules s'affaissèrent et la tension dans sa mâchoire se relâcha. Avait-il été malheureux en ménage ? Elle se rappela sa réaction, lorsqu'elle avait évoqué pour la première fois la mort de sa femme. Elle avait eu envie de l'interroger à ce sujet, sans oser le faire. C'était un degré d'intimité qu'ils ne pouvaient pas se permettre.

— Je vous raccompagne à votre chambre.

Il se retourna pour sortir, mais il hésita et pivota sur ses talons.

— Allez-vous partir avec Lord et Lady Barkley quand leur maison de ville sera prête ?

— Certainement. D'après lui, je pourrai rester aussi longtemps que nécessaire, mais Lady Barkley a fortement suggéré que je devrais pouvoir retrouver un poste d'ici quinze jours. Cela signifie que je dois avoir quitté leur maison dans l'intervalle.

Peut-être l'indignation et la douleur d'Isabelle contribuaient-elles à son interprétation, mais de toute manière, elle avait prévu de quitter leur foyer dès que possible. Au besoin, elle utiliserait ses économies afin de louer un logement.

Val pinça les lèvres et plissa les yeux.

— Ils ne vous expulseront pas tant que vous n'aurez pas de nouvelle situation.

— Non, je ne les imagine pas capables de cela.

C'était vrai jusqu'à ce jour. Jusqu'à ce qu'elle voie le triomphe dans les yeux de Lady Barkley. C'était à ce moment qu'Isabelle avait compris qu'elle souhaitait son départ.

— Vous pouvez rester ici aussi longtemps que vous en aurez besoin.

Elle le dévisagea, puis commenta :

— Cela ne causerait pas de scandale.

Son ironie le fit sourire.

— Je suis sûr que je peux trouver une raison pour garder une femme à l'intelligence exceptionnelle parmi mon personnel. Je pourrais vous engager comme secrétaire.

— N'avez-vous pas déjà une secrétaire ?

— Si, mais deux ne seraient pas de trop.

Il lui fit un clin d'œil et elle sentit son cœur battre la

chamade. Pendant un bref instant, elle fut tentée de le laisser s'occuper d'elle, réparer les torts que la vie lui avait causés.

Mais elle ne le voulait pas. Si elle avait appris quelque chose, c'était bien qu'il n'y avait qu'une seule personne sur laquelle elle pouvait compter : elle-même.

CHAPITRE 7

— *E*astleigh !

Ce soir-là, Val se contenta de lever mollement la main en guise de salutation avant de se laisser tomber entre Cole et son futur parent, Thad Middleton. Lorsque Doyle lui apporta sa chopine, Val en avala le contenu d'un trait avant de la lui rendre sans rien dire.

— Je ne t'ai pas vu boire une bière comme ça depuis Oxford.

L'intonation de Cole avait beau être teintée d'humour, Val y décelait une certaine inquiétude.

— Disons que je rencontre des problèmes que je n'ai pas eus depuis Oxford.

Les sourcils de Cole remontèrent sur son front pendant un bref instant, puis il se remit à siroter sa bière. Enfin, il se leva de sa chaise.

— Pardonne-nous un moment, Middleton, Eastleigh et moi, nous devons discuter des affaires du *Duc Fringant*.

Il regarda Val, inclinant la tête vers le salon privé.

Ce dernier se leva à son tour et le suivit jusqu'à la table

du coin, acceptant au passage la chopine de bière que lui tendait Doyle.

— Bon, qu'est-ce qui ne va pas ? demanda Cole en s'asseyant.

— Barkley a engagé une nouvelle gouvernante pour remplacer Isabelle.

Cole fit la grimace.

— Voilà qui est plutôt gênant. Il n'aurait pas pu attendre d'avoir quitté ta maison ?

— Il faut croire que non. Comme tu peux l'imaginer, nous sommes débordés, entre les membres de la famille et le personnel avec lequel ils voyagent. Isabelle est maintenant installée dans une chambre d'amis à côté de la mienne.

Val regarda Cole par-dessus le bord de son verre avant de boire une gorgée.

— Ça a l'air... pratique.

— C'était soit cela, soit entasser la nouvelle gouvernante dans sa minuscule chambre avec elle. Si en temps normal, cela n'aurait pas été très agréable, dans les circonstances actuelles, ce serait une vraie torture. Tu imagines devoir partager une chambre de la taille d'un placard avec la personne qui t'a volé ton poste ?

— On ne peut pas dire qu'elle le lui ait *volé*...

Val lui lança un regard éloquent et fut satisfait lorsque Cole interrompit tout net son observation aussi ridicule qu'inutile.

— J'ai l'impression que cela te perturbe beaucoup, déclara son ami.

— Tu ne trouves pas cela normal ? Isabelle est la femme la plus intelligente que je connaisse. S'il existe une meilleure gouvernante... À bien y réfléchir, non, il n'en existe pas. Ce sont des genres différents, voilà tout. D'accord, elle ne joue pas d'un instrument et ne leur apprend pas d'autres... choses de femmes. Mais Barkley aurait pu engager cette nouvelle gouvernante en plus d'Isabelle.

— Tu le lui as dit ?

Val croisa le regard de Cole.

— Non. Je devrais ?

Aussitôt, il agita la main en ajoutant :

— Aucune importance, de toute manière. Cela doit paraître bizarre que je l'héberge dans une chambre d'amis. Si je parle à Barkley en son nom, je suis sûr qu'elle n'appréciera pas. D'ailleurs, j'ai dû la forcer à emménager dans la chambre d'amis, et si elle n'avait pas eu à partager la sienne avec sa remplaçante, je parie qu'elle aurait refusé.

— La *forcer* ? J'espère que tu ne te comportes pas comme une ordure trop arrogante.

— Absolument pas. J'essaie simplement d'aider une amie dans le besoin.

— Une *amie*. Qui dort dans la chambre d'à côté. J'espère que tu seras sage.

— Il le faut. Elle m'a clairement fait savoir qu'elle n'était pas intéressée par une répétition du passé. Elle se consacre entièrement à sa recherche d'emploi. Connaîtrais-tu quelqu'un qui a besoin d'une gouvernante ?

Cole referma les mains autour de sa chope.

— Que les choses soient claires, une gouvernante qui n'enseigne pas... comment dis-tu, déjà ? Des choses de femmes ?

— Penses-tu que ce sera un terrible obstacle ?

Cole haussa les épaules.

— Je n'en sais rien. En tout cas, je vais me renseigner.

Quelqu'un lança : « Eastleigh » depuis la salle principale, suivi par de grands éclats de rire. Val et Cole tournèrent la tête en même temps.

— Quelqu'un se fait passer pour toi ? demanda Cole. On dirait que tu viens d'entrer, pourtant tout le monde sait que tu es ici avec moi.

— Allons voir.

Val se mit debout et Cole le suivit jusqu'au bar.

— Eastleigh, dit Middleton alors qu'ils s'asseyaient à nouveau à leurs places attitrées. Jack vient d'arriver de chez *Brook* avec des nouvelles.

Jack était assis à côté de Cole, sa chope déjà devant lui.

— Tu sais que je ne colporte pas de ragots et que je ne m'intéresse pas aux paris idiots de chez *White*. Mais j'étais à une réunion chez *Brook* quand j'ai entendu parler d'un nouveau pari. Je suis certain qu'il t'intéressera.

Il regarda Val droit dans les yeux.

— Maintenant que Colehaven va se marier, tu es le célibataire le plus en vue de la saison. Quelqu'un a parié que tu serais le prochain.

— Qui prendrait un tel pari ? fit Middleton. Seulement des imbéciles.

— Au dernier calcul, il y avait une douzaine de paris au moins.

Jack jeta à Val un œil compatissant.

— Tu risques d'être assiégé lors du prochain événement mondain auquel tu assisteras.

— Cela promet d'être sportif, commenta Middleton en secouant la tête. Ou barbare.

— J'ai décidé qu'il valait mieux te prévenir, expliqua Jack.

— Eh bien... Merci.

Val envisageait déjà un voyage en Écosse, peut-être même en Inde ou en Australie. Oui, mieux valait encore vivre avec des condamnés sur une île plutôt que de connaître le cirque auquel il allait être soumis.

— Tu ne participeras peut-être plus jamais à un événement mondain, murmura Cole. Mais hors de question que tu rates mon mariage ou le petit-déjeuner.

Évidemment.

— Je viendrai déguisé.

— Avec plaisir, répondit Cole en souriant. Voilà qui amuserait beaucoup Diana.

— En tout cas, cela n'amuserait pas ma grand-mère. Rien de tout cela, d'ailleurs.

— A-t-elle renoncé à faire pression pour que tu te remaries ? demanda Cole.

— Pas du tout. Au contraire, elle a redoublé d'efforts. Mais tu sais ce qu'elle pense de la notoriété. Elle a horreur de cela et je plains les gentlemen qui ont pris ces paris s'ils se retrouvent en présence de ma grand-mère.

Cole frissonna.

— En effet.

Il reprit son verre de bière alors que la conversation autour d'eux passait à d'autres sujets. Toujours à voix basse, il dit :

— Tu as bien l'intention de te remarier, n'est-ce pas ? Je me rends compte que nous n'en avons jamais discuté de façon définitive, mais étant donné ton titre et tes responsabilités...

— Tu vas vraiment me faire la morale sur les responsabilités d'un duc ?

— Pas la peine d'être désagréable. Je sais que c'est un sujet sensible, toutes mes excuses.

— Ne t'excuse pas, murmura Val.

Après tout, Cole avait raison. Une fois de plus. Val avait des responsabilités, ce qui signifiait qu'il devait se remarier. Cette seule pensée lui glaçait le sang et lui donnait la nausée.

En toute logique, il savait que la probabilité qu'il tombe sur une femme comme Louisa était presque impossible. Mais parfois, la logique était transcendée par des émotions primaires telles que la peur et le doute. Il avait choisi Louisa de son plein gré. Et cela avait été la pire erreur de sa vie.

Se remarierait-il ? Oui, quand les portes de l'enfer seraient recouvertes de glace.

~

Si les leçons de la veille avaient été difficiles en raison de l'excitation des fillettes à la perspective de leurs visites dans les boutiques, celles d'aujourd'hui se déroulèrent dans le chagrin. Entre l'embarras causé par les tâches qu'Isabelle partageait avec Mademoiselle Shipley, la tristesse et l'incompréhension des filles – Beatrice était malheureuse, tandis que Caroline s'exprimait par la colère –, la matinée fut atroce.

Après les cours de sciences et de latin que Mademoiselle Shipley s'avéra incapable de suivre, Isabelle céda sa place à l'autre gouvernante, qui initia les deux filles au maniement d'une aiguille. Elles quittèrent la table pour aller s'asseoir près de l'âtre, où un feu confortable réchauffait la vaste salle.

Assise sur un fauteuil incliné, près du canapé où Isabelle s'était installée entre ses deux élèves, Mademoiselle Shipley ouvrit un panier et en sortit trois cercles de broderie avec du tissu. Après en avoir donné un à Beatrice et l'autre à Caroline, elle retourna au panier et prit des aiguilles et du fil. Elle se tourna alors vers Isabelle.

— Je crains de ne pas avoir de quatrième cercle.

— Ce n'est pas grave, répondit-elle, soulagée.

Peut-être pourrait-elle s'éclipser.

Caroline croisa les bras sur sa poitrine et envoya à Mademoiselle Shipley un regard rebelle.

— Je ne veux pas broder.

Après réflexion, Isabelle décida qu'elle devait rester.

— Peut-être pourriez-vous simplement regarder aujourd'hui, proposa gentiment la gouvernante.

Isabelle avait de la peine pour cette femme. Rien de tout cela n'était sa faute. Elle avait été engagée pour un travail et elle essayait simplement de le faire.

— Je veux bien tenter, déclara Isabelle, espérant renforcer la confiance de Mademoiselle Shipley et montrer à Caroline que la broderie n'était pas dénuée d'intérêt.

Dix minutes et plusieurs piqûres plus tard, Isabelle revint sur son opinion. La broderie avait manifestement été inventée par le diable en personne. Elle savait repriser un accroc ou coudre un bouton, mais piquer une aiguille dans le tissu pour créer un motif dépassait de loin ses compétences.

Mademoiselle Shipley défit le deuxième nœud qu'Isabelle avait malencontreusement créé et lui rendit le cercle.

— Allez-y doucement. Une fois que vous aurez maîtrisé un point, le reste se mettra en place.

Pour le moment, même la maîtrise d'un point lui semblait aussi irréalisable que siéger à la Chambre des Lords. Pourtant, Isabelle persistait. Il était important que les filles sachent qu'elles ne devaient pas baisser les bras face à l'adversité, ou aux aiguilles menaçantes.

— J'ai réussi ! s'exclama Beatrice en présentant à Isabelle sa rangée de points parfaits.

Tout sourire, cette dernière jeta un œil vers la nouvelle gouvernante, qui les regardait avec un sentiment proche de l'envie.

— Montre donc cela à Mademoiselle Shipley, proposa Isabelle à Beatrice.

En présentant sa broderie à la gouvernante, la jeune fille paraissait moins exubérante, tout à coup. Il allait leur falloir un certain temps pour accueillir cette nouvelle femme dans leur vie. Isabelle espérait seulement que Mademoiselle Shipley serait patiente. Jusqu'à présent, elle avait un bon pressentiment.

Se tournant vers Caroline, assise à côté d'elle, Isabelle lui demanda si elle voulait essayer.

La fillette secoua la tête.

— Non. La broderie est ennuyeuse. Et dangereuse. Votre doigt saigne encore.

Isabelle baissa les yeux pour constater un petit point rouge sur le tissu. Avec une grimace, elle adresse un regard contrit à l'enseignante.

— Est-ce que tout se passe bien, ce matin ? demanda soudain Lady Barkley en se glissant dans la bibliothèque pour s'avancer entre le fauteuil de Mademoiselle Shipley et le canapé. Des leçons de broderie, c'est merveilleux !

En regardant le canapé, elle fronça les sourcils.

— Pourquoi tu ne couds pas, Caroline ?

— Je ne veux pas, rétorqua la fillette sans même chercher à atténuer le venin dans sa voix.

— Caroline, tu vas changer d'attitude immédiatement.

Lady Barkley reporta alors son attention vers Mademoiselle Shipley.

— Pourquoi Madame Cortland fait-elle de la broderie à la place de Caroline ?

Abasourdie, la gouvernante regarda la baronne. Visiblement, elle avait du mal à trouver les mots. Isabelle s'empressa de voler à sa rescousse.

— Quand Caroline s'est montrée réticente à essayer, je

me suis dit que j'allais lui montrer combien cela pouvait être agréable.

— Seulement, vous n'avez pas réussi, car vous continuez à faire des nœuds. Regardez, vous avez saigné partout.

Les larmes montèrent aux yeux de Caroline, et Isabelle dut se retenir d'étreindre la jeune fille pour la réconforter. Elle l'aurait fait si Lady Barkley n'était pas restée là, à les regarder avec une désapprobation sévère.

— Il semble que j'arrive au bon moment pour proposer une promenade. Venez, les filles, vos chapeaux et vos gants sont dans l'entrée.

Lady Barkley pinça les lèvres à l'égard d'Isabelle, son regard s'attardant sur le mouchoir taché de sang, sur ses genoux.

— Peut-être devriez-vous rester pour travailler vos compétences en matière de broderie.

Tiraillée entre le désir de passer le plus de temps possible avec Beatrice et Caroline et le soulagement de ne pas avoir à subir Lady Barkley, cette femme devenue visiblement son ennemie, Isabelle succomba au second sentiment.

— Bonne idée, merci.

— Dois-je venir avec vous ? s'enquit Mademoiselle Shipley.

Lady Barkley regarda la nouvelle gouvernante comme si elle était idiote.

— Bien sûr.

Elle s'empressa de se lever et Beatrice suivit le mouvement, non sans lancer à Isabelle un regard chagriné qui lui serra le cœur.

Lady Barkley regarda sa cadette avec impatience.

— Caroline ?

Se levant avec une grande réticence, la fillette poussa

un soupir frustré. Isabelle lui serra la main et lui offrit un sourire encourageant. Toujours déçue, Caroline quitta enfin la pièce.

Après leur départ, elle déposa sa piteuse broderie dans le panier de Mademoiselle Shipley. Elle n'avait pas l'intention de coudre alors qu'elle devait se mettre à la recherche d'un emploi.

Au lieu de quoi, elle monta dans sa chambre, une pièce magnifiquement décorée avec un lit à baldaquin, une armoire et une commode, un grand foyer chaleureux, et mieux encore, un bureau. Elle allait rédiger d'autres requêtes aujourd'hui.

En traversant le couloir en direction de sa chambre, elle croisa Lord Barkley qui l'accueillit avec un sourire radieux, comme s'il n'avait pas bouleversé tout son monde par son annonce de la veille.

— Vous n'avez pas accompagné Lady Barkley et les filles en promenade ?

— Non, c'est le devoir de Mademoiselle Shipley maintenant, répondit-elle froidement.

Il se renfrogna.

— Suis-je bête. Je regrette la façon dont tout cela est arrivé. Je n'avais pas conscience que Lady Barkley reviendrait avec une nouvelle gouvernante à ses côtés.

— Vous ne saviez pas qu'elle allait engager quelqu'un pour me remplacer ?

— Elle le prévoit depuis un certain temps, et je sais qu'elle a reçu plusieurs candidates, mais j'avoue que je ne pensais pas qu'elle le ferait réellement. Vous êtes une gouvernante accomplie et les filles vous aiment tendrement.

Jetant un œil par-dessus sa tête, vers le bout du couloir, il ajouta en baissant la voix :

— À vrai dire, j'essaie de convaincre Lady Barkley de

vous garder. Pourquoi les filles ne pourraient-elles pas avoir deux gouvernantes ? Cela n'a aucun sens pour moi.

Certes, mais à en juger par l'animosité que Lady Barkley affichait ostensiblement envers Isabelle, le bon sens semblait lui échapper.

— J'apprécie votre soutien, Monsieur.

Il prit sa main dans la sienne.

— Vous l'aurez toujours. Il n'y a pas que les filles qui seront peinées par votre départ.

Il fit courir son pouce sur le dos de sa main, et aussi infime que fût le mouvement, il changea toute sa perspective. Ce qu'il ajouta ensuite ne fit que confirmer sa crainte.

— Cela me ferait plaisir de veiller à ce que l'on s'occupe bien de vous.

C'était une proposition, à n'en pas douter. Avait-il toujours éprouvé ce sentiment pour elle ? Lady Barkley l'avait-elle compris, décidant alors de la remplacer ? Elle se sentait malade.

Arrachant sa main, elle résista à l'envie de l'essuyer sur son tablier.

— Je me suis toujours débrouillée seule, Monsieur, et je continuerai à le faire. Mon bien-être ne vous concerne plus.

Elle le dépassa d'un pas vif et se rendit dans sa chambre, où elle ferma la porte et tira le verrou pour faire bonne mesure. Toute tremblante, elle se dirigea vers le bureau et s'effondra sur la chaise.

Comment pourrait-elle rester pendant le reste de la quinzaine ? C'était déjà une torture d'être avec les filles, de voir leur tristesse en sachant que leur temps ensemble était compté. Maintenant, ce serait également un tourment de savoir que Lord Barkley la regardait sous un autre angle et que sa femme le savait probablement.

Quel chaos !

Elle devait absolument trouver un poste, n'importe lequel, et tout de suite. Il y avait bien quelque chose qu'elle était capable de faire, ne fût-ce que temporairement. Elle s'était toujours débrouillée, et cela n'allait pas changer maintenant.

Avec un regain de détermination et de courage, elle prit ses affaires et se mit en quête de liberté.

CHAPITRE 8

Il devint évident qu'Isabelle aurait dû consacrer beaucoup plus de temps et d'enthousiasme aux travaux d'aiguille. Ainsi, elle aurait peut-être obtenu un emploi dans un atelier de chapellerie pour coudre des chapeaux ou des robes pour un modiste. Au lieu de cela, elle se présenta à la porte de service d'une taverne qui recherchait d'urgence une serveuse. C'était le marchand de tourtes au bout de la rue qui lui avait indiqué cette adresse après qu'elle se fut renseignée sur les emplois disponibles dans le quartier.

Avec une profonde inspiration, elle frappa à la porte. Pas de réponse. Elle levait à nouveau la main pour frapper au moment où la porte s'ouvrit.

— Livraison ? demanda la femme en s'essuyant les mains sur son tablier.

— Je me renseigne pour le poste de serveuse, dit Isabelle.

Elle n'aurait jamais imaginé prononcer ces mots un jour, mais le désespoir exigeait des mesures drastiques.

La femme, qui semblait avoir trente ans de plus qu'elle, la toisa du regard.

— Tu as de l'expérience ?

— Euh, non.

Aussitôt, Isabelle pensa à la réaction qu'aurait eue la douairière devant ce bégaiement disgracieux, avant de songer qu'au regard de la situation, ce ne seraient pas ses paroles qui scandaliseraient le plus la grand-mère de Val.

Et que penserait Val lui-même s'il apprenait qu'elle travaillait comme serveuse ?

Isabelle se raidit. Elle refusait de se laisser dicter sa conduite par les opinions de la duchesse ou de qui que ce soit d'autre. Elle avait toujours fait son possible pour survivre et elle continuerait.

Le silence s'étira tandis que la femme prenait tout son temps pour l'observer, le rejet presque imminent. Isabelle était sur le point de se retourner lorsque la femme lui dit enfin :

— Bon, tu m'as l'air fiable. On peut te faire confiance ?

— Bien sûr. Je peux commencer immédiatement.

Le visage de la femme s'illumina et elle sourit.

— Tu aurais dû commencer par ça. J'ai besoin de quelqu'un pour demain. En fait, si tu peux entrer maintenant, je te ferai visiter et je te mettrai en situation, de sorte que tu sois prête pour commencer dès demain.

C'était exactement ce dont elle avait besoin, à défaut d'en avoir envie.

— Montrez-moi ce que je dois savoir.

La femme lui tint la porte ouverte en lui faisant signe d'entrer.

— Je m'appelle Prudence. Bienvenue au *Duc Fringant*.

Au... *Duc Fringant* ? Ce n'était pas possible. Il ne possédait tout de même pas une taverne. C'était un duc.

— Je suis Madame Isabelle Cortland. Enchantée de faire votre connaissance.

Prudence la conduisit jusque dans la cuisine, puis se retourna en plissant les yeux.

— Tu ne parles pas comme une serveuse habituelle, en même temps, tu as dit que tu n'étais pas serveuse. Qu'est-ce que tu es, au juste ?

— Une gouvernante, jusqu'à tout récemment.

— Eh bien, tu seras à ta place ici. On trouve de tout au *Duc Fringant*, des forgerons, des députés, des avocats, des vicaires, des dockers et même des ducs.

Prudence gloussa en ajoutant :

— Enfin, les deux ducs qui possèdent les lieux, en tout cas.

Isabelle déglutit, soudain mal à l'aise.

— Les propriétaires sont... deux ducs ?

Prudence hocha la tête.

— Colehaven et Eastleigh, mais ne sois pas intimidée. Ils sont aussi normaux et abordables que n'importe qui.

Eastleigh.

Isabelle allait devoir décliner poliment et continuer ses recherches. Si ce n'est qu'elle cherchait depuis des heures et que c'était la seule piste qu'elle ait trouvée jusqu'à présent. Elle devait s'éloigner de Barkley avant qu'il ne profite d'un moment de faiblesse pour lui causer encore plus de tort. Qu'avait-il à perdre, à présent qu'elle était sur le point de partir ?

Non, elle ne pouvait pas se défiler. Le fait que Val soit propriétaire de l'établissement était une raison encore meilleure pour accepter le poste. Elle savait qu'il serait bien tenu, et surtout, sans danger. Ou du moins, autant qu'une taverne puisse l'être.

— Demain, c'est l'un des jours les plus importants de l'année, déclara Prudence, tirant Isabelle de ses préoccupations. On fête la Saint-Valentin, à la fois le saint et le duc d'Eastleigh, puisqu'il porte le même prénom. C'est pour ça que nous aurons besoin de toi.

Prudence lui sourit.

— Prête à faire connaissance avec le *Duc Fringant* ?

Isabelle eut un rire étouffé. Oh, elle connaissait très bien un certain duc fringant. Que dirait-il quand il apprendrait qu'elle était sa nouvelle employée ?

Elle devait lui en parler, mais elle se doutait qu'il n'apprécierait pas. Ce qui était ironique, puisqu'il lui avait proposé de l'aider – une offre qu'elle avait refusée avec conviction, et pourtant, la voilà à son service. C'était différent, pensait-elle. Il s'agissait d'un travail et ce n'était pas lui qui l'avait engagée.

Elle comptait trouver autre chose, mais en attendant, elle allait devoir s'en contenter, espérant seulement que Val comprendrait.

~

Malgré son désir de se tenir à l'écart de tous les événements de la haute société, Val participa à un bal le soir même. Il n'avait aucune envie d'y aller, notamment à cause du pari, mais il savait qu'il ne pouvait pas se retirer complètement de la vie sociale. Sa position en tant que Lord exigeait au moins un minimum d'engagement, sans compter que sa grand-mère était présente. S'il ne feignait pas un tant soit peu de chercher une épouse, elle ne le laisserait jamais tranquille.

Malheureusement, son jeu de comédien – car c'était exactement ce dont il s'agissait – ne faisait qu'encourager les paris et, par conséquent, les mères entremetteuses. Pour éviter d'être annoncé, il se faufila dans la salle de bal des Mortram depuis un salon voisin. À son grand désarroi, il fut presque instantanément interpellé par de jeunes demoiselles qui brandissaient leurs carnets de bal sans la moindre subtilité.

Val les ignora tout en cherchant la douairière du regard. Elle était assise de l'autre côté de la salle de bal et il lui fallut un certain temps pour la rejoindre.

Viola se tenait à côté d'elle, un sourire joyeux aux lèvres.

— Bonsoir, Val. Tu t'es glissé dans la salle de bal comme un voleur, à ce que je vois.

— Pourquoi cela ? demanda sa grand-mère en même temps. Peu importe. J'espère que tu ne le feras plus.

— Il semble que j'aie gagné en célébrité.

Val n'était que trop conscient des regards sur lui, plus appuyés qu'en temps normal.

— Tu es toujours célèbre, dit Viola sans lui être d'aucun secours. Populaire, disons. Tout le monde veut parler ou danser avec toi. Ou t'épouser, ajouta-t-elle en ricanant.

Évidemment, elle était au courant pour les paris.

Il lui lança un regard qui promettait des représailles et elle se contenta de battre des cils, jouant l'innocence.

Si elle avait eu vent des paris, alors sa grand-mère aussi.

— C'est évident qu'il est populaire, déclara cette dernière. C'est un Eastleigh. Sais-tu combien de femmes aimeraient être ta duchesse ? Surtout après la dernière, elles veulent toutes prouver que tu mérites une meilleure épouse.

Val n'en était pas convaincu, mais il n'allait pas en débattre. Il était inutile de discuter avec elle sur la *plupart* des sujets. Cependant, le moment arrivait où il devrait lui dire la vérité, à savoir qu'il n'était pas prêt à se remarier et qu'il ne savait pas quand il le serait.

De plus, il était encore jeune. Beaucoup de gentlemen ne se mariaient pas avant d'avoir atteint la trentaine. Son ami Jack Barrett ne l'envisageait même pas avant ses trente-cinq ans. C'était simplement la façon de faire dans sa famille : atteindre le succès professionnel, puis se marier ensuite. Jack était en plein essor politique et Val s'attendait à ce qu'il soit nommé au gouvernement lorsque les Whigs prendraient le pouvoir.

Il n'était peut-être pas aussi impliqué que son ami, mais il prenait sa position très au sérieux.

— Grand-mère, je suis bien trop occupé pour passer du temps à chercher une femme. Il y a des problèmes importants à régler pour le pays.

— Je ne peux pas le contester, surtout après ce qui est arrivé à Prinny. Certaines personnes sont si peu civilisées.

— C'est précisément pour ça que l'on a besoin de moi. J'ai l'esprit ailleurs, voyez-vous.

Le prince avait quitté Westminster après avoir ouvert le Parlement et quelqu'un avait tiré sur son carrosse, brisant la vitre. Comme les partisans de Spence et d'autres groupes radicaux se rassemblaient et provoquaient des remous, il n'était pas exagéré pour Val de dire qu'ils étaient plus qu'occupés à la Chambre des Lords.

— Balivernes. C'est précisément à cause de toute cette tension que tu devrais avoir une femme à la maison.

Viola secoua discrètement la tête pour indiquer à Val de laisser tomber le sujet. Comme s'il ne connaissait pas leur grand-mère.

— Savez-vous ce qui serait bien ? demanda Val.

Les sourcils gris de la vieille femme s'arquèrent.

— Quoi donc ?

— Que vous preniez la moitié de l'énergie que vous consacrez à me rebattre les oreilles au sujet du mariage et que vous la dirigiez vers Viola. Au moins, moi, j'ai été marié. À son tour.

Viola lui adressa un sourire arrogant.

— Dommage que je sois si loin sur l'étagère que personne ne puisse m'atteindre.

— Je me ferais un plaisir de te donner un coup de pouce.

— Cessez donc de vous comporter comme des enfants, se récria leur grand-mère. Eastleigh, fais-moi plaisir et va danser avec une jeune femme ce soir. Cela ne te tuera pas.

Il soupira, vaincu.

— Très bien, mais ne me demandez pas d'aller à l'*Almack's* la semaine prochaine.

Elle le regarda avec de grands yeux ronds.

— Tu as déjà promis.

Puis elle se tourna vers Viola.

— Tu l'as entendu.

— À vrai dire, il n'a rien promis du tout.

Elle lui lança un regard contrit, certainement destiné à expier ses railleries précédentes.

Val inclina la tête avec reconnaissance.

Après avoir satisfait la demande de sa grand-mère et dansé avec une jeune femme, il quitta le bal. Il avait initialement prévu d'aller au *Duc Fringant*, mais il n'avait pas vraiment envie de compagnie. On avait trop parlé de mariage, ce qui ne manquait jamais de raviver le spectre de Louisa. Même dans la mort, elle le tourmentait encore.

Alors qu'il remontait le couloir en direction de sa chambre, il ralentit en atteignant la porte d'Isabelle. Il s'y attarda un moment, sachant qu'elle était juste de l'autre côté du fin vantail de bois. Elle était toute proche, et inaccessible en même temps.

Il continua et entra dans sa chambre. Là, il retira son manteau et sa cravate, qu'il déposa dans sa garde-robe où son valet viendrait les chercher plus tard. Il se dirigea ensuite vers le buffet où il conservait une bouteille de brandy, se servit un verre et ferma les yeux, prêt à savourer une première gorgée.

Des coups légers contre la porte arrêtèrent son mouvement, le verre à mi-chemin de ses lèvres. Il tourna la tête, se demandant qui pouvait bien frapper à sa porte à cette heure, mais son pouls s'emballait déjà.

Il posa son verre et se dirigea vers la porte. Il l'avait à peine ouverte qu'Isabelle se glissa à l'intérieur de la chambre. Son rythme cardiaque devint si soutenu qu'il était persuadé qu'elle entendait son cognement effréné. Pour elle.

Il était à court de mots, trop étonné qu'elle vienne ici après avoir manifesté si ouvertement ses inquiétudes quant au secret de leur ancienne accointance. Accointance ? Il faillit rire de l'absurdité d'un terme aussi pompeux pour qualifier leur relation d'autrefois.

— Je suis désolée de vous déranger, dit-elle en demeurant près de la porte.

Ses cheveux châtain clair étaient coiffés en une épaisse natte sur son épaule droite, et elle portait une robe de chambre à col montant, dont la modestie ne suffisait pas à étouffer son désir croissant.

— Je voulais vous parler le plus tôt possible. J'ai trouvé un travail et je pars demain matin.

Ses espoirs retombèrent en poussière. Ainsi, elle partait ?

— Où allez-vous ?

Elle tritura l'ourlet de sa longue manche.

— Il vaut mieux que je ne vous le dise pas.

— Pourtant, vous êtes venue ici pour me le dire.

Il fronça les sourcils, rongé par la frustration. Ce n'était pas ainsi que les choses étaient censées se passer entre eux. Mais alors, comment ?

— Je n'aurais peut-être pas dû.

Elle tourna les talons vers la porte, sans toutefois s'éloigner.

— Je croyais... Je voulais vous dire au revoir avant de partir. Je ne pensais pas vous revoir demain matin.

Il s'avança, non pas pour lui barrer le passage, mais pour se placer dans son champ de vision.

— J'en suis content. Je ne peux pas m'empêcher de penser que si nous nous sommes retrouvés, ce n'est pas sans raison.

Son regard rencontra le sien, et dans les profondeurs bleues et lumineuses de ses yeux, il vit une myriade d'émotions indéfinissables. Elle haussa les sourcils, dans cette mimique si séduisante, et Val prit soudain conscience de leur position et de la proximité de son lit.

— Croyez-vous que le destin nous ait réunis ? demanda-t-elle, sarcastique.

Il haussa une épaule et s'approcha d'elle.

— Une histoire inachevée entre nous.

— Peut-être avions-nous besoin de nous voir. Quelle qu'en soit la raison, je suis heureuse d'avoir obtenu votre soutien pour ce qui s'est passé.

Besoin ? Il n'en était pas si sûr. Mais envie ? Il la désirait plus maintenant qu'il ne l'avait désirée dix ans plus tôt. C'était absurde. Il connaissait à peine la femme qu'elle était devenue, même s'il constatait qu'elle était aimante envers les gens qui l'entouraient, qu'elle possédait une indépendance farouche et qu'elle n'en faisait qu'à sa tête, dans la mesure où une femme le pouvait, naturellement. Soudain, il envia sa liberté.

— Êtes-vous certaine de ne pas être venue pour une autre raison ?

Il avait tant envie de l'embrasser pour voir si l'étincelle entre eux brûlait encore.

— Je...

Elle pinça les lèvres, ses yeux brillant avec détermination.

— Oui. J'aimerais vous embrasser en guise d'adieu.

— Seulement m'embrasser ?

C'était ainsi que leur nuit avait commencé, autrefois, avec un seul baiser d'adieu. Puis la passion les avait emportés. Dix ans plus tard, il savait à quoi s'en tenir. Mais à en juger par le durcissement de son sexe, peut-être pas.

Il vit le rouge lui monter aux joues.

— Je n'aurais pas dû avoir cette prétention, dit-elle en s'avançant, son attention rivée sur la porte.

Val se campa devant elle et leva la main, touchant délicatement sa tempe avant de ramener une boucle rebelle derrière son oreille.

— Vous ne pourriez jamais avoir de la prétention. Pas avec moi. Tout ce que vous voulez, je vous le donnerai librement.

— Alors, embrassez-moi. Une dernière fois.

Il aurait pu écouter ces mots en chœur tous les jours pour le reste de sa vie, mais il ne les lui ferait pas répéter. Il franchit la courte distance qui les séparait, referma ses bras autour d'elle et posa ses lèvres sur les siennes. Lorsqu'elle tendit les mains vers ses épaules pour s'agripper à son gilet, il regretta de ne pas avoir ôté plus de vêtements.

Son parfum et sa saveur lui étaient familiers. Il n'avait jamais pu sentir de lys sans penser à elle, depuis.

Il lui laissa le contrôle du baiser. Après tout, elle l'avait réclamé et il était à ses ordres. Elle passa les mains autour de son cou et la chaleur de ses doigts réchauffa sa nuque et son cuir chevelu, lui rappelant une nuit si incomparable que cela lui faisait parfois mal d'y penser. Surtout après ce qu'il avait enduré avec Louisa.

Non, il ne penserait pas à elle, refusant qu'elle vienne

souiller ce moment. Pas plus que n'importe quel autre, d'ailleurs. Plus jamais.

La langue d'Isabelle caressa sa lèvre et une vague de désir l'envahit. Il céda à sa requête, effleurant sa langue de la sienne alors qu'elle approfondissait leur baiser. Puis ils se perdirent, emportés par une marée de souvenirs et de découvertes, leurs corps pressés l'un contre l'autre.

C'était le rêve qu'il avait nourri pendant dix longues années, lui donnant forme et substance. À présent, ils créaient un nouveau souvenir qu'il entretiendrait pendant une autre décennie. La pensée des mots qu'elle avait employés – « une dernière fois » – le poussa à en prendre peut-être plus qu'il ne le devrait. Il posa une main dans son dos, l'attirant contre lui.

Elle lui répondit en lui mordillant la lèvre avant de l'embrasser à nouveau, pressant son bassin contre le sien. Sa chaleur attisait son érection et il dut redoubler d'efforts pour se retenir de la prendre dans ses bras et de la porter jusqu'au lit.

Val détacha enfin sa bouche de la sienne. Leurs respirations pantelantes paraissaient fortes dans le silence. Front contre front, il caressa son dos, sa nuque, sa hanche.

— Reste avec moi, Isabelle.

— C'est ce que tu m'as dit, à ce moment-là, chuchota-t-elle.

— Je sais. Je suis tout aussi séduit par toi maintenant qu'à l'époque.

Levant une main, elle toucha son visage, sa paume contre sa joue. Son regard était fixe et ses lèvres dessinaient un sourire sensuel.

— Moi aussi, je suis séduite.

Ses lèvres frôlèrent à nouveau les siennes, mais ce fut bref. Enfin, elle s'écarta.

— Aussi tentée que je le sois, je dois y aller.

— Si tu as besoin de moi, je suis là. Toujours.

Elle acquiesça, puis le contourna pour se faufiler hors de sa chambre.

De ma vie. Une fois de plus.

Peut-être réapparaîtrait-elle dans dix ans.

CHAPITRE 9

Il y avait au moins une demi-douzaine de bals de la Saint-Valentin en ville, mais l'un des événements les plus populaires de cette journée romantique était celui du *Duc Fringant*. C'était le jour préféré de Val pour deux raisons. La première, c'était que tout le monde l'appelait « sa » journée et le désignait comme son homonyme, la Saint-Valentin.

La fête de cette année serait la plus réussie de leur histoire, et à cette occasion, Cole avait créé une autre bière de la Saint-Valentin. Val espérait seulement qu'il en avait brassé suffisamment, car ils avaient toujours épuisé les stocks, les deux années précédentes.

Val fut accueilli par un chœur de « Saint Valentin » à son arrivée – au lieu du traditionnel « Eastleigh » – par lequel les habitués de la taverne l'appelaient seulement ce jour-là. D'ailleurs, ils ne se contentaient pas de clamer son nom à son entrée, ils le scandaient toute la nuit à intervalles irréguliers, selon leur bon vouloir.

Le salon principal, décoré de cartes et de bouquets de fleurs, était peu peuplé en ce début de soirée. Les seuls clients déjà présents étaient les habitués à l'âme peu romantique. Si la plupart d'entre eux participaient à cet événement, c'était précisément parce qu'ils n'étaient pas amoureux ou qu'ils évitaient résolument ces sentiments. C'était le but de la soirée, célébrer l'absence d'amour et la liberté qui en découlait.

C'était généralement pour cette deuxième raison que c'était le jour préféré de Val.

Or aujourd'hui, ce n'était plus le cas. Aujourd'hui, il ne pensait plus qu'à l'amour, ou à quelque chose qui s'apparentait plutôt à l'amour perdu.

Non, pas l'amour. Quels que soient ses sentiments pour Isabelle, ce n'était pas cela.

Il avait besoin d'une bonne nuit de fête et d'oubli. Une nuit consacrée aux amis et à la bière de Cole.

— Je serai de retour dans quelques heures, déclara Cole après avoir rapidement salué Val.

— De retour ? Où vas-tu ?

— Au bal de Lady Donnell.

Cole lui fit un clin d'œil.

— Je t'avais dit que j'y allais.

Val s'en souvenait vaguement.

— Je ne pensais pas que tu étais sérieux. Comment pourrions-nous faire notre fête de la Saint-Valentin sans toi ?

— Je reviens juste après. Je dois aller valser avec mon épouse.

Il regarda Val d'un œil interrogateur et ajouta :

— Tu sais à quoi sert la Saint-Valentin, n'est-ce pas ?

Val grommela.

— Franchement, l'amour te rend ennuyeux.

— L'amour me rend heureux, rétorqua Cole en souriant pour ennuyer Val encore davantage. Tu devrais réessayer un jour.

Avant qu'il ne puisse l'invectiver, Cole s'éclipsa et quitta la taverne. Val se dirigea vers le bar, où Doyle lui fit glisser sa chope pleine de bière *Valentine Ale* créée par Cole.

— Il a fait un ajustement cette année. Une suggestion de sa fiancée.

Évidemment. En ricanant, Val prit sa tasse et tenta une gorgée. Bien sûr, c'était un vrai délice.

Il but à nouveau et se réprimanda en silence. Il ne voulait pas reprocher à Cole son bonheur, son ami le méritait.

— Une nouvelle serveuse a commencé aujourd'hui, lui annonça Doyle. Normalement, nous ne l'aurions pas fait commencer par un soir comme celui-ci, mais puisque Gertie est malade, nous étions désespérés.

— Excellent, merci. Je vais justement aller voir comment ça se passe.

Val se dirigea vers l'arrière de la taverne et entra dans la cuisine, où les marmitons s'activaient çà et là. Le fumet était alléchant et il se demanda s'il pouvait trouver un morceau de jambon ou de bœuf séché à chaparder quelque part.

Alors qu'il s'orientait vers une table de travail, une femme arriva sur sa gauche et le heurta de plein fouet, renversant une cruche de vin sur ses vêtements.

Le froid imbiba aussitôt sa chemise et il regarda la tache bordeaux qui se propageait sur son manteau, son gilet, sa chemise et sa cravate.

— Bon sang !

— Val ?

Toujours agrippée à sa cruche, Isabelle dardait sur lui ses grands yeux bleus, atterrée.

— Isabelle ? Que diable fais-tu ici ?

Elle semblait très mal à l'aise, serrant le pichet contre sa poitrine comme s'il s'agissait d'une sorte de bouclier.

— Je suis la nouvelle serveuse.

Il était parfaitement conscient du silence qui s'était abattu sur la cuisine alors que tout le monde suspendait son travail pour les dévisager. Sans réfléchir, il lui prit la cruche des mains et la posa sur la surface la plus proche. Puis il lui prit le coude et l'entraîna hors de la cuisine.

— Qu'est-ce que tu fais ? demanda-t-elle en essayant de dégager son bras.

Il resserra sa poigne tout en s'efforçant de ne pas la blesser.

— Viens, s'il te plaît.

— Lâche-moi.

Il fit ce qu'elle lui demandait et s'arrêta, la fixant du regard. Ils se tenaient dans la réserve, entourés de denrées alimentaires et d'ustensiles de cuisine et de nettoyage.

— Tu ne peux pas travailler ici.

Elle croisa les bras sur sa poitrine, ses yeux flamboyants.

— Toi aussi, tu comptes mettre fin à mon emploi ?

Enfer et damnation. Il ne pouvait pas faire cela, naturellement.

— Bien sûr que non, mais Isabelle, c'est ma taverne. De toute évidence, tu le sais.

Il fronça les sourcils.

— C'est pour ça que tu n'as rien voulu me dire hier soir ?

Elle haussa une épaule, les yeux dans le vague.

— J'étais trop dans le besoin.

— Au point de travailler comme serveuse ? C'est bien en dessous de toi.

Elle devrait donner des cours aux meilleures familles du royaume ou enseigner à Oxford. Cela n'arriverait jamais, même si elle en était capable.

— C'est un travail honnête.

Elle l'enveloppa du regard, mais son évaluation n'avait rien de provocateur.

— On pourrait dire aussi que posséder et gérer une taverne n'est pas digne de *toi*.

— Je ne travaille *pas* à la taverne.

Elle pencha la tête sur le côté.

— J'aurais pourtant juré que Prudence m'avait montré ton bureau, là où Colehaven et toi travaillez.

Val pesta dans sa barbe.

— Je t'ai dit que je t'aiderais, quels que soient tes besoins.

— Et moi, je t'ai dit que je ne pouvais rien accepter de toi.

— Mais tu peux travailler pour moi, par contre ? En quoi est-ce différent que d'accepter tout simplement mon argent ?

Elle en resta bouche bée.

— Tu es sérieux ? C'est bien différent que de prendre ton argent. Comme je l'ai dit, c'est un travail honnête.

— Si je te donnais de l'argent, ce serait une transaction entre amis. Une transaction *secrète* que personne ne serait obligé de connaître. Tu pourrais considérer que c'est un prêt, si tu préfères.

Elle le regardait comme s'il lui avait proposé de voler tout ce qu'elle possédait au lieu de lui donner de l'argent.

— Tu es fou.

— Peut-être, mais seulement parce que je tiens à toi. Barkley sera parti dans quelques jours. Tu peux venir et rester chez moi aussi longtemps que tu en auras besoin.

Elle exprima tout son mépris.

— Si tu tenais vraiment à moi, tu verrais bien combien ce serait scandaleux. Tout le monde croirait que je suis ta maîtresse et je ne pourrais pas devenir directrice après ça.

Directrice ?

— Tu comptes devenir directrice d'école ?

Elle décroisa les bras et les jeta en l'air, au comble de la frustration.

— Un jour, j'espère. Quoi qu'il en soit, tu limiteras mes options si tu essaies de subvenir à mes besoins de quelque façon que ce soit.

— Je pourrais te répondre que travailler comme serveuse dans une taverne avec pignon sur rue risque aussi de jouer en ta défaveur.

— Mon futur employeur ne sera pas obligé de le savoir.

— Ton futur employeur pourrait être assis au bar en ce moment même. Ou son frère, son voisin. Ton travail ici ne restera pas secret.

Peut-être, mais elle n'irait pas habiter chez lui. Elle avait raison, c'était une idée stupide et scandaleuse. Il devait bien exister un autre moyen. Un moyen qu'elle accepterait.

Le feu dans ses yeux avait un peu diminué, mais à sa bouche pincée et à la tension de ses épaules, il comprit qu'elle était toujours ennuyée. Il ne voulait pas qu'elle soit fâchée à cause de lui.

— Je suis désolé, dit-il en prenant une inspiration pour apaiser son pouls rapide. J'ai été surpris de te voir ici.

— J'aurais dû te le dire.

— Trouvons une solution, dit-il en essayant de se montrer utile. Mais tu conviendras que tu ne peux pas travailler ici.

Elle croisa les bras.

— Je pourrais travailler en cuisine.

— J'ai une meilleure idée, et j'espère que tu ne seras pas trop obstinée pour l'accepter.

— Je ne suis pas obstinée.

L'image qu'elle lui présentait – bras croisés, sourcils froncés, bouche pincée en une ligne sévère, corps raide, menton saillant – était la définition même de l'obstination.

Val réprima un sourire. En plus de son expression éloquente, décréter que l'on n'était pas obstiné en pleine dispute où l'on refusait de céder revenait à dire que l'on n'avait pas faim alors que son ventre criait famine.

— Tu ne restes plus debout toute la nuit à déchiffrer des énigmes ?

Elle cligna des paupières comme s'il l'avait sonnée pendant un moment.

— Je n'en ai pas trouvé à résoudre depuis un certain temps.

— Mais si c'était le cas, tu n'arrêterais pas avant de l'avoir terminée. Tu n'abandonnerais pas.

Elle leva le menton, prenant un air hautain.

— L'abandon mène à la déception.

L'abandon les avait menés l'un vers l'autre. L'attirance. La tentation. La capitulation.

Enfin, un plan se forma dans sa tête. Il le trouva brillant, ou presque.

— Je te promets que mon idée ne te décevra pas. Emménage avec ma grand-mère et Viola comme chaperon de ma sœur.

Elle se renfrogna.

— Ta grand-mère n'est-elle pas censée remplir ce rôle ?

— Si, mais elle n'est plus aussi vive qu'avant. Il y a des choses que Viola souhaite faire, mais ma grand-mère ne peut pas suivre. Elle a besoin d'un chaperon.

Elle n'en avait pas besoin, en réalité. Viola faisait ce qui lui chantait sans se soucier de ce que pensaient les autres.

Isabelle fit la moue, le regardant en silence pendant un moment. Malgré la tension ambiante, il avait follement envie de l'embrasser. Difficile de ne pas se remémorer la sensation de sa bouche sur la sienne. Cela datait-il seulement de la veille ?

L'une des cuisinières entra dans la réserve, rompant le charme sous lequel il était tombé.

— Pardonnez-moi, murmura-t-elle avant de repartir.

Isabelle laissa tomber ses bras le long de son corps.

— Pourquoi ai-je l'impression qu'être le chaperon de Viola est inutile ?

— C'est un travail essentiel, au contraire. Tu nous rendras service. Tu apprécies Viola, n'est-ce pas ?

— Oui, mais ta grand-mère ne m'aime pas, je le crains.

— Oh, elle aboie, mais ne mord pas. Tu ne lui déplais pas.

Il fit un pas vers elle.

— Voyons, c'est une excellente solution. Je suis sûr que tu en es consciente.

— Tu es toujours aussi arrogant et tu retombes toujours sur tes pattes.

Elle n'allait pas céder facilement. Peut-être même pas du tout.

— Et toi, tu es plus têtue que je ne l'aurais imaginé. Tu as besoin d'aide et c'est une façon de te l'apporter sans te causer du tort.

Elle prit une profonde inspiration, sa poitrine se soulevant et s'abaissant.

— Sont-ils au courant pour moi ? Pour nous ?

Sa voix était grave, avec un timbre qui fit bouillir son sang.

— Bien sûr que non.

Elle jeta un coup d'œil au loin, mordillant sa lèvre inférieure avant de se tourner vers lui.

— Je déteste rester dans un coin, mais ce ne sera pas la première fois et je m'en suis toujours sortie. Je préfère faire mes propres choix.

Sa patience s'amenuisait.

— Tu veux faire des choix ? Viens t'installer chez moi

ou chez ma grand-mère, mais ne travaille pas dans ma taverne.

— Alors, tu me renvoies ?

— Non, je t'offre un meilleur poste.

Il leva les mains, implorant.

— Pour l'amour de Dieu, Isabelle, accepte mon aide ! Je ne suis pas ton ennemi.

Elle le regarda fixement et il retint son souffle, ses pensées en ébullition à la recherche d'autres moyens de la persuader, de lui faire entendre raison.

— D'accord, j'irai chez la douairière. Si elle est d'accord. Dans le cas contraire, tu me laisseras travailler ici, en cuisine.

— Elle donnera son accord.

De toute façon, Val lui forcerait la main.

— Je t'y emmène tout de suite. Où sont tes affaires ?

— Derrière toi. Je les ai apportées ici pour plus tard, parce que j'avais prévu de rester chez Prudence en attendant de trouver ma propre chambre à louer.

Elle allait dormir à Cheapside ? Il était content qu'elle ait trouvé un travail ici et non dans un établissement douteux.

— C'est une chance que tu sois venue. Je dirais qu'une fois de plus, le destin tend sa main.

— Qui a dit que le destin était favorable ?

Elle passa devant lui et prit ses deux valises.

— Je suppose que tu veux partir tout de suite ?

— Tu ne le regretteras pas, Isabelle. Cela te donnera le temps et la possibilité de trouver un entretien qui corresponde à tes connaissances et à tes compétences.

— Et tu me laisseras tranquille ? demanda-t-elle.

— Oui.

Cela le peinait déjà. La voir ici ne faisait que prouver combien il avait détesté lui dire adieu la veille au soir. Il n'était pas sûr de pouvoir le refaire. Cependant, quelle était l'alternative ?

— Promets-le-moi, insista-t-elle.

Il la regarda dans les yeux.

— Je te le promets.

Sur ce, il décroisa les doigts et lui prit ses valises des mains.

~

Après un détour à Grosvenor Square pour que Val puisse changer ses vêtements tachés de vin pendant qu'Isabelle attendait dans le fiacre, ils arrivèrent à la maison de la douairière à Berkeley Square. Ce qui manquait à la résidence en superficie par rapport à celle de Val était amplement compensé par son opulence. Rien que les œuvres d'art dans l'entrée suffirent à enchanter Isabelle et à la convaincre que ce n'était pas une mauvaise décision. Presque. Elle refusait tout de même de perdre la tête devant un paysage de Farington, aussi époustouflant qu'il soit, ou un magnifique Gainsborough.

Isabelle s'approcha de ce dernier tableau, désignant l'une des filles du portrait.

— C'est ta grand-mère ?

— Oui, dit Val.

Elle le regarda, puis se tourna vers la peinture avec émerveillement.

— Gainsborough a peint ta famille ?

— Mon arrière-grand-père et ses enfants, oui. Mon arrière-grand-mère était déjà morte.

Val s'adressa au majordome qui les avait fait entrer :

— Ma grand-mère est-elle encore dehors ?

— Oui, Votre Grâce. Elle est avec Lady Viola, lui

répondit le majordome, jetant un regard furtif vers Isabelle.

Val lui fit un signe.

— Blenheim, permettez-moi de vous présenter Madame Cortland. Elle sera l'invitée de ma grand-mère pendant un certain temps. Veuillez aller chercher ses bagages dans mon fiacre.

Isabelle espérait qu'il n'avait pas parlé trop vite. Et si la douairière refusait de l'accueillir ?

— Nous allons attendre ma grand-mère dans le salon, dit Val en lui montrant l'escalier.

Isabelle le précéda. Elle n'était que trop consciente de sa robe terne qui, il y avait encore peu de temps, était couverte d'un tablier de serveuse. Et maintenant, voilà qu'elle était l'invitée d'une duchesse douairière.

Lorsqu'ils atteignirent le salon, elle se retint péniblement de se ruer vers les tableaux spectaculaires et les sculptures impressionnantes. Elle se tourna vers Val.

— Et si elle ne voulait pas de moi ?

— Je t'ai déjà dit que cela n'arriverait pas.

— Ta grand-mère semble savoir ce qu'elle veut.

Isabelle admirait ce trait de caractère.

— Elle comprendra l'avantage pour tout le monde. Elle a un esprit exceptionnellement vif.

Isabelle n'en doutait pas. Elle s'autorisa à parcourir lentement la pièce. Si elle devait rester ici, ne fût-ce qu'un petit moment, elle aurait tout le loisir d'admirer les œuvres.

— Ta grand-mère a-t-elle une bibliothèque comme la tienne ? demanda-t-elle en jetant un coup d'œil à Val, qui s'était installé près du feu, adossé à la cheminée.

— Pas aussi vaste, mais tu en seras satisfaite. Viola aime lire presque autant qu'elle aime écrire.

— Elle est écrivain ?

Isabelle ne le savait pas.

— Qu'écrit-elle ?

— Je lui laisserai le soin de t'en parler, lui dit Val un peu sèchement.

Était-il toujours en colère contre elle ? Et elle, l'était-elle encore contre lui ?

Peut-être un peu. Elle était surtout frustrée par sa situation. Elle avait eu de la chance d'être engagée comme serveuse dans un établissement respectable. Ce n'était pas son premier choix, certes, mais comme elle n'avait pas pu rester au service de Lord Barkley, elle n'avait pas le luxe de s'y dérober. Elle avait prévu de continuer à chercher un poste de gouvernante ou d'enseignante, espérant que son emploi au *Duc Fringant* ne soit que temporaire.

Le Duc Fringant... Comment n'avait-elle pas compris immédiatement qu'il appartenait à Val et Colehaven ? Ils étaient connus sous ce surnom, autrefois.

Elle se tenait devant un vase grec, de l'autre côté du salon, et lui jeta un coup d'œil discret. Val fixait l'âtre, le visage fermé et les sourcils froncés.

Que diable faisait-elle ici ? Il avait raison, elle ne pouvait pas travailler dans sa taverne, et pas uniquement parce qu'elle ne pouvait pas se permettre d'y être vue. Elle ne le pouvait pas, car c'était *sa* taverne. Être près de lui ne faisait que lui rappeler ce qu'elle avait perdu. Non, ce qu'elle n'avait jamais eu.

Ce qu'elle n'aurait jamais.

Par ce choix, elle serait constamment dans son entourage, auprès de sa grand-mère et de sa sœur. Elle devait rapidement trouver un nouvel emploi.

— Tu n'es pas obligé d'attendre avec moi, lui dit-elle.

Il la regarda.

— Ça ne me dérange pas.

— Tu devrais retourner à ta fête de la Saint-Valentin.

D'ailleurs, elle était désolée de manquer les festivités. Cela semblait être un grand moment.

— Après tout, c'est ta journée.

Ils en avaient ri ensemble, dix ans plus tôt. Il lui avait offert une carte de la Saint-Valentin en lui disant qu'elle devait l'accepter parce que c'était sa journée. Il l'avait confectionnée lui-même, inscrivant plusieurs vers de poésie vraiment charmants. Elle l'avait encore, entre les pages de son précieux exemplaire des *Liaisons dangereuses*.

Elle se demandait s'il avait offert des cartes à quelqu'un d'autre. Sa femme, probablement. Ou pas, puisqu'ils ne formaient pas un couple heureux. Elle s'écarta du vase pour le rejoindre.

— N'y a-t-il personne à qui tu souhaites offrir une carte ?

Son regard se posa sur le sien.

— Est-ce que tu flirtes avec moi, Isabelle ?

Cette question était à la fois taquine et grave. Elle en eut le frisson, se rappelant combien il était dangereux de rester seule avec lui. La veille au soir, elle avait testé les limites de la tentation en l'embrassant.

— Non. Je faisais simplement la conversation.

Elle se détourna pour se diriger vers le coin de la pièce où était accroché un splendide paysage.

Pendant longtemps, il garda le silence.

— Je suis désolé que tu te sentes au pied du mur, lui dit-il enfin.

Il semblait plus proche, tout à coup. En se retournant, elle constata qu'il s'était rapproché, mais qu'il se tenait encore à plusieurs mètres. Ils tournaient l'un autour de l'autre, comme un chasseur et sa proie. Qui jouait quel rôle ? Elle refusait d'être la victime.

— J'apprécie que tu dises cela.

— Je pense que tu seras à l'aise ici, et ce n'est que temporaire.

— Si je reçois des réponses à ton adresse, j'espère que tu me feras suivre ma correspondance.

— Bien sûr.

Il se passa la main dans les cheveux, libérant cette mèche familière qui retomba sur son front.

— En tout cas, sache que j'essaie seulement de t'aider.

— Et toi, sache que ma situation est très différente de la tienne. J'ai besoin d'un emploi. Et puis, j'aime travailler. J'aime me sentir utile et subvenir à mes propres besoins.

— Tu chéris ton indépendance.

Les mains devant sa taille, elle inclina la tête.

— C'est exact.

— Je pourrais te dire que je suis désolé que ton mari t'ait laissée dans un état qui te contraigne à subvenir à tes besoins, mais tu as l'air satisfaite.

Au début, elle était en colère. Il avait joué tout leur argent, lui laissant une dette qui aurait causé sa ruine si son père ne l'avait pas réglée. Elle s'était alors juré de se débrouiller seule et de ne compter sur personne.

Des bruits se firent entendre dans l'escalier près du salon.

— Elles doivent être rentrées, murmura Val en se tournant vers la porte.

Isabelle se redressa et joignit les mains. C'était ridicule d'être aussi nerveuse. Après tout, elle avait déjà rencontré la douairière. Mais c'était plus fort qu'elle. Sa colère se réveillait, maintenant que Val lui avait rappelé la promesse qu'elle s'était faite, à savoir qu'elle ne compterait que sur elle-même. Elle ferait mieux de prendre ses affaires pour se rendre directement chez Prudence. Si seulement elle connaissait son adresse...

Décidément, elle n'avait nulle part où aller.

La douairière et Lady Viola entrèrent dans le salon. La première regarda alors Isabelle d'un air suspicieux tandis que la seconde s'approchait avec un grand sourire.

— D'après Blenheim, vous allez rester avec nous. Comme c'est charmant !

La vieille dame s'assit sur un fauteuil rouge écarlate, près de la cheminée, puis elle interrogea son petit-fils.

— Explique-moi.

— Madame Cortland est entre deux emplois en ce moment, et je l'ai engagée pour servir de chaperon à Viola.

Cette dernière émit un bruit de gorge à mi-chemin entre la toux et la stupeur, mais elle se garda de tout commentaire.

— Viola n'a pas besoin de chaperon, décréta la douairière, confirmant ce qu'Isabelle avait dit et ce que Val avait contesté.

— Cela vous permettra d'avoir plus de liberté, insista-t-il. De toute façon, c'est une situation provisoire, le temps qu'elle trouve un poste quelque part. Elle ne peut tout de même pas séjourner chez moi.

— Lord Barkley l'a-t-il renvoyée ? demanda la grand-mère, coupant le souffle d'Isabelle par sa question. Peu importe, je le vois bien.

Elle soupira. Quant à Isabelle, elle était incapable de dire si, oui ou non, elle avait été renvoyée.

— Allez, va-t'en, Eastleigh. Je m'en occupe.

Qu'est-ce que cela signifiait donc ? Isabelle se tourna vers Val sans comprendre, mais il était toujours concentré sur la douairière.

— Ce sera un plaisir de vous avoir ici, déclara Lady Viola. Quelqu'un vous a-t-il déjà montré votre chambre ?

Comme Isabelle secouait la tête, la jeune femme continua :

— Alors, j'aurai cet honneur.

Val tapa dans ses mains.

— On dirait que vous avez toutes les deux la situation bien en main.

Il s'inclina vers Isabelle.

— Je m'occupe immédiatement de votre correspondance.

Allait-il le faire en personne ou enverrait-il quelqu'un ? Elle espérait que ce serait la dernière solution. Il serait préférable que leurs vies restent bien distinctes. La tentation de l'embrasser à nouveau, ou pire, était trop forte. Même quand il la mettait en colère par son arrogance.

Enfin, il s'en alla, et la duchesse reprit la parole :

— Asseyez-vous, jeune femme. Et dites-moi pourquoi Lord Barkley vous a renvoyée.

Sentant qu'elle était sur le banc des accusés, Isabelle rejoignit la vieille dame. Lady Viola la rencontra à mi-chemin et passa son bras sous le sien avec un sourire encourageant. Elle la guida vers le canapé, où elles s'assirent ensemble. Lady Viola retira son bras pour déployer la jupe lilas de sa robe de bal de sorte qu'elle couvre élégamment ses jambes jusqu'au sol. C'était la plus belle étoffe qu'Isabelle ait jamais vue.

Sachant que la douairière attendait sa réponse, elle replia les mains sur ses genoux.

— Lady Barkley a engagé une gouvernante pour me remplacer. En plus de leurs études classiques, elle enseignera aux filles la musique, la broderie et la danse jusqu'à ce qu'un maître de danse prenne la relève, j'imagine.

— Parce que vous en êtes incapable.

Les lèvres de la douairière étaient pincées en signe de désapprobation.

— Peut-être devrais-je engager une gouvernante pour vous apprendre à danser et à broder.

Isabelle s'efforça de répondre sur un ton impassible, sans se placer sur la défensive :

— Je sais danser.

Pas très bien.

— Cette nouvelle gouvernante est-elle aussi instruite que vous ? s'enquit la douairière.

— Non.

— Alors, pourquoi Lord Barkley ne vous a-t-il pas gardée et n'a-t-il pas engagé cette autre femme en complément ?

— Je me suis posé la même question, Votre Grâce. Je crois que Lady Barkley ne voyait pas d'un bon œil ma proximité avec ses filles.

— Jalousie ?

La duchesse fit une grimace méprisante.

— Quelle émotion pitoyable. On ne peut pas être jaloux de la relation d'un enfant avec sa gouvernante. Si elle est appréciée, tant mieux.

Elle regarda Isabelle un instant, comme si elle cherchait une faille.

— Êtes-vous certaine que sa jalousie n'avait pas un autre motif ?

Lady Viola, qui était assise plus près de la douairière, se pencha vers elle.

— Grand-mère, vous ne pouvez pas insinuer que Madame Cortland s'est comportée de façon inappropriée avec Lord Barkley !

Isabelle se retint d'ouvrir grand la bouche sous le coup de la stupéfaction. Mais la douairière avait raison, en quelque sorte.

— Elle était jalouse de moi, concéda lentement Isabelle. C'est possible. Lord Barkley a clairement indiqué que ce n'était pas lui qui avait pris la décision de me remplacer, et qu'il s'était battu pour que je reste.

— Pour des raisons moins que magnanimes, je n'en doute pas.

Les yeux noisette de la douairière étaient brillants de lucidité et Isabelle renouvela son vœu tacite de ne jamais se mettre cette femme à dos.

— C'était ce que je pensais, ajouta-t-elle.

— Comment l'avez-vous su ?

— J'ai une intelligence exceptionnelle, ma chère. Premièrement, vous êtes une femme séduisante et brillante et, si ma mémoire est bonne, Lady Barkley n'a ni l'une ni l'autre de ces qualités. Deuxièmement, vous n'êtes pas restée à son service, vous retrouvant maintenant dans une situation difficile et sollicitant l'aide de milieux que vous n'accepteriez probablement pas en temps normal.

Comment la douairière avait-elle deviné tout cela, en particulier ce dernier point ?

— Je vous suis reconnaissante pour votre aide, répondit Isabelle.

C'était la vérité, même si on la lui avait proposée.

— Je n'en doute pas, tout comme je ne doute pas que cela blesse votre fierté de devoir accepter cet arrangement. Je vous ai observée dans l'heure qui a suivi notre rencontre, ma chère. Vous pouvez rester aussi longtemps que nécessaire, et si vous souhaitez de l'aide pour obtenir un nouveau poste, il vous suffit de me le demander.

Elle se leva et Lady Viola s'empressa de la soutenir.

— Avez-vous besoin d'aide pour monter à l'étage ? lui demanda-t-elle.

— Pas ce soir, ma chère. Mes douleurs se sont beaucoup estompées aujourd'hui, comme toujours quand la pluie cesse.

Lady Viola déposa un baiser sur la joue pâle de la douairière.

— Bonne nuit, grand-mère.

— Bonne nuit, dit Isabelle en se levant à son tour. Et merci.

Une fois la vieille dame partie, Lady Viola se tourna vers elle.

— Je pensais sincèrement ce que j'ai dit, c'est formidable que vous soyez là. J'espère qu'il vous faudra toute la saison pour obtenir un nouveau poste.

Aussitôt, elle se reprit :

— Mes excuses. C'est plutôt égoïste de ma part. À moins que vous ne vouliez passer la saison avec moi.

Isabelle n'avait jamais vraiment rêvé de connaître une saison dans le grand monde et l'idée même de se mêler au « meilleur » de la société ne l'enchantait guère. Cependant, passer du temps avec Lady Viola avait un certain attrait, et ce n'était pas parce qu'elle était la sœur de Val. La jeune femme avait une nature chaleureuse et magnétique. C'était peut-être la première femme qu'Isabelle pouvait envisager de qualifier d'amie.

— J'aimerais que vous me fassiez une vraie visite de la maison demain pour que je puisse tout apprécier. La collection d'art de votre grand-mère est somptueuse.

— J'aimerais bien ! Mais pour l'instant, je ferais mieux de vous montrer votre chambre. Blenheim a dit que vos affaires y étaient déjà déballées.

On la traitait comme si elle était une invitée d'honneur. C'était bien la première fois.

— C'est très gentil à votre grand-mère de m'accueillir. Val...

Oh, non ! Son prénom lui avait échappé avant qu'elle ne puisse se retenir. Elle ne pouvait qu'espérer que Lady Viola ne s'en était pas rendu compte. Cependant, à en juger par ses yeux légèrement écarquillés, Isabelle était presque convaincue du contraire.

— Sa Grâce m'a assuré qu'elle m'accueillerait, mais je ne voulais pas m'imposer.

— Mais non, voyons. Grand-mère vous apprécie, c'est ce qu'elle a dit. Honnêtement, elle vous a fait des éloges.

Isabelle songea à ce que la douairière avait dit, mais elle n'y décelait guère de compliments.

— J'espère que ce ne sera pas pour très longtemps. J'ai déjà envoyé plusieurs candidatures.

— Eh bien, moi, j'espère le contraire. Je pense que nous devrions devenir amies, et si vous partez trop tôt, je ne pourrai pas savoir pourquoi vous avez appelé mon frère Val.

Ses yeux pétillaient de joie.

Isabelle sentit son ventre se nouer. Dans quoi s'était-elle embarquée ?

CHAPITRE 10

D ans la chambre d'Isabelle, chez la douairière, se trouvaient des tableaux aussi impressionnants que ceux qu'elle avait vus la veille au soir. Elle avait l'impression de loger à Somerset House. Non qu'elle y soit jamais allée, mais elle imaginait les mêmes types de peintures aux murs, simplement en plus grande quantité.

Elle avait passé une excellente nuit, dans un lit aux draps de soie surmonté de tentures de velours. C'était le comble de l'opulence.

Apparemment, la douairière prenait son petit-déjeuner dans sa chambre, mais Isabelle se fit un plaisir de rejoindre Lady Viola dans la salle à manger, dont la grande baie vitrée donnait sur le jardinet. Bientôt, la jeune femme insista pour qu'Isabelle l'appelle par son prénom et la tutoie. Elle lui avait dit qu'elles étaient désormais amies, après tout.

— Qu'allons-nous faire aujourd'hui ? demanda Viola une fois qu'elle eut terminé ses toasts et ses œufs. Tu as dit lors de notre visite dans les boutiques que c'était ta première fois à Londres. Tu dois bien avoir une liste de choses à voir et à faire.

— Pas une liste officielle, non. J'aimerais visiter le British Museum. Et Somerset House. Et peut-être *Hatchards*.

— Ai-je entendu quelqu'un parler d'*Hatchards* ?

C'était Val, qui entrait à grands pas dans la salle à manger. Il les rejoignit à table et se tourna vers Isabelle.

— Il se trouve que je suis venu pour vous emmener à *Hatchards*.

— Moi aussi, j'espère, s'exclama Viola. Madame Cortland est *mon* chaperon, au cas où tu aurais oublié.

Val leva les yeux au ciel.

— Bien sûr, tu peux venir aussi.

— Comme c'est généreux de ta part de me le proposer, dit-elle aimablement. La prochaine fois que tu feras des projets pour *mon* chaperon, assure-toi que nous n'ayons pas déjà d'autres engagements.

Isabelle réprima un sourire devant leurs fausses chamailleries. Au moins, ce n'était pas sérieux. Ces deux-là étaient vivants, amusants et plutôt attachants.

— *Avez-vous* d'autres projets aujourd'hui ? demanda-t-il docilement, son regard alternant entre sa sœur et Isabelle.

— Non, répondit cette dernière.

— Il n'empêche. Nous aurions pu, décréta Viola en se levant. Tu as de la chance, car *Hatchards* figurait sur notre liste. On y va ?

Val pencha la tête.

— Oui, mais d'abord, j'ai pensé que Madame Cortland aimerait aller chez Dangerfield, de l'autre côté de la place.

Viola le dévisagea attentivement, puis reporta son attention sur Isabelle. Sous l'intensité de son regard, elle se trémoussa, mal à l'aise. Enfin, elle se leva.

— J'ai dit que j'aimais visiter les bibliothèques de quartier et vous vous en êtes souvenu, répondit-elle, espérant que cela expliquerait à Viola pourquoi Val connaissait sa curiosité à cet égard.

— C'est exact.

— Allons chercher nos affaires, dit Viola, les yeux toujours rivés sur son frère et Isabelle.

Elle fut la première à quitter la salle à manger. En la suivant, Isabelle chercha un moyen de mettre Val en garde. S'ils n'étaient pas prudents, Viola – ou pire, sa grand-mère – en déduirait qu'ils se connaissaient plus qu'ils ne le prétendaient.

Peu de temps après, ils arrivèrent à la bibliothèque. Viola se rendit directement à la section des nouvelles acquisitions, tandis qu'Isabelle flânait dans la direction opposée. Alors qu'elle feuilletait un recueil de poésie, Val s'approcha d'elle en compagnie d'un autre homme.

— Monsieur Dangerfield, permettez-moi de vous présenter Madame Cortland. Madame Cortland, voici Monsieur Dangerfield, le propriétaire de cette bibliothèque.

Isabelle exécuta une révérence.

— Enchantée, Monsieur Dangerfield. Vous avez une merveilleuse collection.

— Merci. J'ai cru comprendre que votre père était directeur du Merton College. J'ai moi-même fréquenté Wadham, mais j'ai eu l'occasion d'écouter votre père à quelques reprises.

Le regard sombre de l'homme se radoucit.

— J'ai été bien triste d'apprendre qu'il était décédé.

Elle hocha la tête.

— J'apprécie votre gentillesse.

Val mit ses mains derrière son dos.

— Monsieur Dangerfield a besoin d'aide pour sa biblio- thèque, et je vous ai recommandée pour ce poste.

Isabelle cligna des yeux, abasourdie par cette révélation. Puis elle se tourna vers Monsieur Dangerfield.

— Vous aimeriez que je travaille ici ?

— Je cherche quelqu'un capable de m'aider à décider ce que je dois acquérir pour la bibliothèque, disponible pour travailler ici quelques jours par semaine. Si vous êtes intéressée, je serai ravi de vous accueillir.

Intéressée ? C'était parfait. Et tout cela, grâce à Val. Elle le regarda, la gorge nouée par la gratitude.

— J'en serais honorée, merci.

Monsieur Dangerfield lui fit un immense sourire.

— Excellent.

Après avoir convenu qu'elle reviendrait lundi matin, le bibliothécaire prit congé. Isabelle se tourna alors vers Val.

— Comment as-tu su qu'il cherchait quelqu'un ?

— Je vois bien que ton indépendance te tient à cœur et que tu détestes le coin auquel tu as été reléguée. Je me suis dit que tu apprécierais de travailler dans une librairie ou une bibliothèque. J'ai pris le risque de m'arrêter ici ce matin, et bien m'en a pris, parce que Monsieur Dangerfield était justement à la recherche d'un employé.

— C'est presque trop beau pour être vrai, dit-elle à mi-voix.

— J'ai souvent pensé à toi.

Ses paroles firent battre son cœur, mais elle refusait de se laisser aller à cette sensation.

— Tu dois faire attention. Je pense que ta sœur soupçonne quelque chose.

Isabelle jeta un œil vers Viola, qui feuilletait un livre de l'autre côté de la bibliothèque. Il suivit son regard.

— Qu'est-ce qui te fait croire ça ?

Isabelle grimaça.

— J'ai peut-être fait référence à toi par inadvertance en utilisant ton nom de baptême.

Son attention se reporta sur elle et il ouvrit de grands yeux étonnés.

— Elle s'en est rendu compte ?

— Sans le moindre doute. Et puis, tu es arrivé ce matin et tu m'as suggéré de visiter cette bibliothèque, ce qui a forcément donné l'impression que nous étions plus que de simples connaissances de fraîche date. C'est déjà bien assez douteux que tu aies pris l'initiative de m'aider au point de me loger chez ta grand-mère.

Il expira.

— Je vois ce que tu veux dire. Je ferai de mon mieux pour te laisser tranquille.

Isabelle vit Viola replacer son livre sur l'étagère, puis se tourner vers eux.

— Elle arrive, chuchota Isabelle avant de sourire à sa nouvelle amie. Je viens de vivre une chose extraordinaire. Monsieur Dangerfield m'a offert un poste ici.

Viola cligna des paupières, surprise.

— Waouh, c'est extraordinaire. C'est un poste qui t'intéresse ?

— Figure-toi que c'est exactement ce que je voulais faire. C'est une excellente solution, du moins à court terme.

Le salaire ne suffirait pas à la faire vivre, mais il lui permettrait de disposer de ses propres fonds sans puiser dans ses économies. Elle en avait besoin pour fonder son école.

— Je ne suis pas sûre que grand-mère approuvera, objecta Viola.

— Je m'en occupe, proposa Val.

Isabelle lui lança un regard d'avertissement. Il ne pouvait pas continuer à intervenir en sa faveur. C'était franchement douteux et Viola était bien trop intelligente pour ne pas le remarquer. Elle s'en était déjà rendu compte.

— Si elle préfère que je ne reste pas, je comprendrai, répondit Isabelle. Votre Grâce, vous n'avez pas besoin de lui parler. S'il vous plaît.

Elle espérait qu'il comprendrait ce qu'elle essayait de lui dire.

— Mais si, tu vas rester, lui dit Viola. Je m'occuperai de notre grand-mère moi-même. Tu es *mon* chaperon, après tout, et j'ai décrété que j'avais besoin de toi.

Ils quittèrent la bibliothèque de Dangerfield pour se rendre à *Hatchards*, où Isabelle s'extasia devant la splendeur des livres, dans l'environnement idéal des gens de lettres. Elle aurait pu y vivre avec bonheur.

Val garda soigneusement ses distances, comme il l'avait annoncé. Il était préférable pour tout le monde qu'il oublie le passé – à la fois lointain et récent – pour se concentrer sur un avenir où leurs vies ne se croiseraient pas. Une fois qu'elle aurait quitté sa grand-mère. Pour l'instant, ils étaient condamnés à demeurer dans l'orbite l'un de l'autre. Elle espérait qu'il ne viendrait plus le chercher pour l'emmener dans des bibliothèques ou des librairies.

Cette perspective la déprimait. Il lui avait trouvé un poste et elle était incroyablement touchée. Il semblait la comprendre. Peut-être comme personne auparavant.

Son mari, en tout cas, ne se souciait pas d'elle. Il passait tout son temps à jouer, sauf quand il montait à cheval ou se promenait avec ses chiens – tout était prétexte à passer du temps loin d'elle. Constatant qu'elle n'avait toujours pas d'enfants au bout de trois ans de mariage, il avait cessé de venir dans son lit. Ce n'était pas pour la déranger. Il n'était pas un partenaire de lit très dynamique. C'était mieux que ce qu'il aurait pu être, mais bien pire que ce qu'elle avait espéré. Après Val, elle était destinée à être toujours déçue. Elle savait qu'elle le comparerait toujours à son mari, pourtant quand ce dernier avait brillé par son absence, elle n'avait pas pu s'empêcher de déplorer ce type de rapports qui lui manquaient tant.

Rapports dont l'épouse de Val avait bénéficié, très certainement.

Les paroles de la douairière sur la jalousie, une émotion pitoyable, lui revinrent. Elle avait raison et Isabelle s'évertua à ne pas s'y attarder.

Lorsqu'ils retournèrent à Berkeley Square, Val les accompagna à l'intérieur. Décidant qu'il était préférable de passer le moins de temps possible avec lui, même en compagnie d'autres personnes, Isabelle se retira dans sa chambre. Là, elle écrivit d'autres lettres à des écoles susceptibles de l'embaucher, aussi loin que le comté d'York. La distance atténuerait la douleur du manque.

Cela mettrait également fin à la tentation.

~

Val avait accompagné sa sœur et Isabelle à l'intérieur. Même si Viola lui avait dit qu'elle s'occuperait de leur grand-mère en ce qui concernait le nouveau travail d'Isabelle, et même s'il savait qu'il devrait probablement prendre du recul, il voulait s'assurer que sa sœur était capable de gérer la situation.

Après quoi, il prendrait ses distances. Il aurait fait son possible. Il aurait trouvé à Isabelle un logement en toute sécurité et un travail, ce qui était le plus important pour elle. Il ne pouvait rien faire de plus. De toute manière, il n'y avait rien de plus qu'elle puisse autoriser.

Leur grand-mère les accueillit dans la bibliothèque, juste à côté de l'entrée.

— Eastleigh, tu n'as pas mieux à faire que de jouer les guides pour Viola et son chaperon ?

— Cela m'a fait plaisir, répondit-il sans détour.

Viola prit place sur une chaise, près de la douairière.

— Il a aidé Madame Cortland à obtenir un poste chez Dangerfield.

Elle le regarda, le mettant presque au défi de la contredire.

Savait-elle qu'il avait tout orchestré ? Elle avait dû entendre leur conversation avec Dangerfield, c'était évident. Val avait pensé qu'ils étaient assez loin, de l'autre côté de la salle. Il se retint péniblement de la foudroyer des yeux.

Sa grand-mère le regardait avec impatience.

— Alors ?

— Elle cherche un emploi, j'essayais simplement de l'aider.

— Sais-tu pourquoi elle a quitté prématurément les Barkley ? demanda la vieille dame.

Bien sûr qu'il le savait. Elle avait trouvé un poste... dans sa taverne. Mais il n'allait pas le dire à sa grand-mère.

— Ce n'était pas vraiment prématuré, dit Val. Barkley l'a renvoyée.

— Tu ne trouves pas son licenciement étrange ? insista-t-elle. Elle est incroyablement qualifiée et capable. Toute personne dotée d'un peu de bon sens aurait simplement engagé une deuxième gouvernante pour enseigner ce qu'elle ne fait pas. Pourtant, Barkley a mis fin à son emploi.

Bon Dieu, mais où voulait-elle en venir ?

— Grand-mère, vous n'avez pas pour habitude de parler autrement qu'avec franchise.

— Et moi, je ne t'ai jamais vu être aussi obtus. Cette canaille avait un faible pour Madame Cortland, et Lady Barkley le savait. Alors, elle s'est débarrassée d'elle.

La fureur s'empara de Val et il dut faire un gros effort pour ne pas rentrer chez lui *manu militari* et jeter Barkley dehors. Non, il le frapperait d'abord, et ensuite il le jetterait dehors. Peut-être le frapperait-il encore, pour faire bonne mesure.

— Elle ne me l'a pas dit.

— Pourquoi t'en aurait-elle parlé ? Tu n'étais que son hôte, tout juste une connaissance. Et pourtant, tu gères tout pour elle, de son logement jusqu'à son emploi. Mon Dieu, Eastleigh, si tu veux la prendre pour maîtresse, fais-le.

Aussitôt, elle tourna la tête vers Viola.

— Fais comme si tu n'avais rien entendu, ma chère.

Viola grommela.

— J'ai vingt-cinq ans, grand-mère. Je n'ignore pas le monde.

— Je préfère me dire que tu n'es pas au courant de ces arrangements, même si ce n'est pas le cas, dit-elle sèchement. Alors, fais-moi plaisir.

— Je ne veux pas en faire ma maîtresse, expliqua Val en grinçant des dents.

Il ne mentait pas... pas exactement. Il n'avait pas pensé à faire d'elle sa maîtresse, puisqu'elle ne serait jamais d'accord. Mais maintenant qu'on le lui suggérait...

Non.

— Alors, laisse-la tranquille.

Le ton de sa grand-mère était péremptoire. Elle fronçait les sourcils.

— Si tu consacrais la moitié de ce temps à te chercher une épouse, tu pourrais en trouver une.

Val en avait plus qu'assez de ce sempiternel sujet de conversation. Si seulement sa grand-mère savait combien il faisait d'efforts pour lui être agréable.

— Je ne suis pas prêt à prendre une autre épouse, et j'apprécierais beaucoup que tu arrêtes d'insister.

Les yeux de sa grand-mère lancèrent des éclairs.

— Qu'est-ce que tu attends ? Je comprends tes réticences, mais ça fait trois ans. Tu ne commettras pas deux fois la même erreur.

Elle se leva.

— Je m'occuperai de Madame Cortland, décréta-t-elle, et en échange, tu me rejoindras à l'*Almack's* la semaine prochaine. Je te promets que tout se passera bien.

Elle quitta la bibliothèque, laissant Val la suivre du regard avec colère et incrédulité.

— Hors de question, murmura-t-il.

— Je suis désolée, dit alors Viola dans le silence, lui rappelant sa présence qu'il avait oubliée. Mais tu l'as bien cherché.

Il secoua la tête vers sa sœur si agaçante.

— Et qu'aurais-je dû faire, laisser Madame Cortland se débrouiller seule ?

C'était exactement ce qui se serait passé. Elle ne serait pas restée au service de Barkley, il en était maintenant convaincu. Val avait hâte de rentrer chez lui pour le flanquer à la porte. Il avait hâte que son foyer retrouve son calme habituel, et cela n'avait rien à voir avec leurs filles, et tout à voir avec Lady Barkley. Cette femme lui tapait sur les nerfs.

— Tu aurais pu, répondit Viola. J'ai confiance dans les capacités de Madame Cortland. Tu devrais peut-être, toi aussi. Je suppose que tu la connais mieux que moi.

Il ferma les yeux.

— Ne te perds pas en suppositions.

Viola se leva en lissant sa jupe bleu ciel et s'approcha de lui. Posant une main délicate sur son bras, elle lui dit :

— J'aimerais être là pour toi, si tu as besoin.

Puis elle retira sa main et s'en alla.

Val retrouva sa stratégie de défense habituelle : il n'avait besoin de personne.

CHAPITRE 11

*I*sabelle n'avait commencé que depuis quelques heures, mais elle aimait son travail à la bibliothèque. Quand elle ne lisait pas, elle recommandait des lectures. Elle réfléchissait déjà à la manière dont elle pourrait utiliser ses économies pour fonder sa propre bibliothèque itinérante. Si seulement les livres n'étaient pas si chers. C'était un crime, vraiment. Seuls les riches pouvaient se permettre de les acheter, et même les bibliothèques n'étaient pas gratuites. Sans compter qu'il fallait rendre les livres, ce qui lui causait parfois un véritable chagrin.

Isabelle leva les yeux de son volume lorsque la porte s'ouvrit. Elle fut à la fois surprise et ravie de voir Beatrice et Caroline accourir.

Elle s'était tout juste levée du tabouret que les deux filles l'enlaçaient déjà. Elle les étreignit, profitant de leur chaleur et de leurs doux parfums familiers. Jetant un œil vers la porte, elle se ressaisit en imaginant découvrir la nouvelle gouvernante ou encore Lady Barkley.

Mais il n'y avait que Val.

— Est-ce vous qui les avez amenées ? demanda-t-elle.

Les filles s'écartèrent, sans toutefois la lâcher. Beatrice serrait sa main gauche et Caroline la droite.

— Il a dit qu'il avait une surprise, expliqua Caroline en souriant. C'est une merveilleuse surprise, n'est-ce pas ?

— La meilleure, répondit Isabelle en riant. Maintenant, racontez-moi ce que j'ai manqué.

Caroline se lança dans une diatribe détaillant les horreurs de la broderie et les écueils de la danse, puis Beatrice se plaignit de la terrible prononciation française de Mademoiselle Shipley.

— Elle est atroce, se lamenta-t-elle. Vos oreilles saigneraient.

Isabelle étouffa un autre rire en glissant un œil vers Val. Il n'était plus là. Où s'était-il volatilisé ?

Caroline soupira.

— Je n'aurais jamais pensé dire cela, mais le grec me manque.

— Mademoiselle Shipley ne vous l'enseigne pas du tout ? demanda Isabelle.

Les deux filles secouèrent la tête.

— Et maman s'en fiche, dit Beatrice, moqueuse. Mais j'ai suivi le rythme. Du mieux que possible. Sa Grâce m'a aidée, ce matin. C'est là qu'il a dit qu'il avait une surprise pour nous.

Ainsi, Val les aidait avec le grec en plus de les emmener la voir ? D'abord, il lui avait trouvé un travail, et maintenant il remplissait le vide qui s'était formé dans son cœur depuis qu'elle avait quitté son poste. Essayait-il simplement de compenser l'autorité dont il avait fait preuve en la renvoyant de la taverne ?

Ou y avait-il autre chose ?

Elle n'était pas sûre d'oser l'envisager.

— C'est merveilleux que Sa Grâce vous aide ! s'extasia Isabelle.

Beatrice baissa les yeux pendant un moment.

— Cela ne peut pas durer, puisque nous déménageons à Queen Street demain.

La poitrine d'Isabelle fut ébranlée par la mélancolie dans la voix de la jeune fille. Elle regrettait que les choses ne soient pas différentes, mais il n'y avait rien à faire.

En serrant leurs mains, Isabelle se baissa au niveau des yeux de Caroline. Elle leva légèrement la tête pour regarder son aînée.

— Le changement peut être difficile, mais merveilleux aussi. Peut-être tomberez-vous amoureuses du piano.

— Maman nous fait apprendre la guitare, dit Caroline en tirant la langue.

— Vous pourriez apprécier. Il s'agit de garder l'esprit ouvert. Sans cela, vous risquez de passer à côté des merveilles que la vie vous offre. Et j'espère que vous donnerez à Mademoiselle Shipley une chance équitable. Elle n'est pas comme moi, mais ne lui demandez pas d'essayer de l'être.

— Mais c'est vous que nous voulons, se plaignit Caroline.

Beatrice acquiesça.

— Vous nous manquez.

— Vous me manquez aussi.

La gorge d'Isabelle se noua, mais elle refusait de trahir ses émotions.

— Je vous écrirai souvent et vous me répondrez.

Caroline se renfrogna.

— Et si maman ne nous laissait pas faire ?

La baronne avait-elle dit cela ? Une vague de colère s'abattit sur Isabelle, qui s'efforça une fois de plus de garder une intonation positive et une expression avenante.

— Je suis sûre qu'elle vous l'autorisera.

— Je lui suggérerai fortement de le faire.

Isabelle releva la tête pour découvrir Val à quelques mètres de là. D'où venait-il ?

Beatrice lui adressa un sourire timide.

— Merci, Votre Grâce.

— Avec plaisir. Les filles, vous feriez mieux de choisir les livres que vous voulez, sinon nous n'aurons pas d'excuse pour notre sortie.

Il leur fit un clin d'œil et les fillettes se tournèrent vers Isabelle.

— Nous aiderez-vous à choisir ? demanda Caroline.

— Bien sûr. Vous pouvez en avoir deux chacune.

Elle rencontra le regard de Val.

— Sur votre adhésion ?

Il inclina la tête.

— Si vous voulez bien.

Elle était aux anges, tellement impressionnée par sa gentillesse et sa prévenance qu'elle aurait pu l'embrasser.

À moins qu'elle ait simplement envie de l'embrasser parce qu'il était lui-même. Le Val d'aujourd'hui semblait être le Val dont elle se souvenait, en mieux.

Elle aida les filles à choisir leurs livres, et en un rien de temps, elles furent reparties. Maintenant qu'elles savaient qu'elle était là, elles promirent de lui rendre visite autant que possible. Avec une dernière étreinte, elle les salua, puis s'empressa de retourner derrière le comptoir, où elle se laissa aller à quelques larmes.

Plus tard dans l'après-midi, elle retourna à Berkeley Square, satisfaite de sa première journée à la bibliothèque, mais un peu nostalgique d'avoir revu les filles.

— Isabelle ?

C'était Viola, qui l'appelait par son prénom depuis qu'elle avait demandé à Isabelle d'en faire de même.

— Viens dans la bibliothèque !

Isabelle suivit son indication et la rejoignit, pour la découvrir penchée sur une table. Elle avait une carte du monde étalée devant elle et ne leva pas les yeux à son approche.

— Comment était-ce, à la bibliothèque ? demanda Viola en prenant un crayon pour griffonner sur un morceau de parchemin par-dessus la carte.

— Merveilleux, merci. Je pense que j'ai peut-être trouvé ma passion.

Viola se redressa, tournant la tête vers elle.

— Je croyais que l'enseignement était ta passion ?

— C'est vrai. Ça l'était, du moins.

Isabelle aimait enseigner, mais la vie de gouvernante était plutôt isolée et, par conséquent, solitaire. Elle avait développé une relation étroite avec les filles, or maintenant que c'était terminé, elle n'avait plus personne. L'idée de recommencer avec une nouvelle famille était loin d'être séduisante.

— J'aime l'agitation de la bibliothèque.

— C'est formidable, déclara Viola. C'est peut-être une bénédiction que ton dernier poste... se soit achevé.

Elle secoua la tête.

— J'ai dû chercher le meilleur mot, mais je n'en suis pas sûre.

Achevé semblait être une description aussi bonne qu'une autre.

— Les filles sont venues à la bibliothèque aujourd'hui, dit Isabelle sans préciser que c'était Val qui les avait amenées.

Ils avaient déjà failli vendre la mèche, tous les deux, sans qu'Isabelle n'ajoute de l'eau au moulin de ses soupçons.

Viola appuya sa hanche contre la table et enfonça son

crayon dans ses cheveux blonds relevés.

— Était-ce agréable de les voir, ou plutôt difficile parce que leurs parents sont horribles ?

— C'était très bien. Je ne leur reprocherai jamais les défauts de leurs parents. D'ailleurs, je ne voudrais pas qu'elles le sachent. Elles ont suffisamment de temps pour apprendre par elles-mêmes, même si j'espère qu'elles ne prendront jamais conscience du genre d'homme qu'est leur père.

Isabelle frissonna et les narines de Viola s'évasèrent.

— Il n'a rien fait de grave, n'est-ce pas ? Je veux dire, physiquement.

— Si tu me demandes s'il m'a agressée, non. Il m'a touchée d'une manière qu'il n'avait jamais osée auparavant, mais heureusement, j'ai pu m'en aller sans le provoquer.

Elle était reconnaissante quand elle songeait combien cela aurait pu être pire.

Viola renifla.

— Les hommes sont repoussants. La plupart, en tout cas. J'aime bien mon frère, mais dans mon esprit, ce n'est pas un homme. C'est juste mon frère.

Dans la tête d'Isabelle, en revanche, c'était un homme à n'en pas douter, et il n'était clairement pas repoussant. Son mari, cependant...

— Je ne peux pas être en désaccord avec toi.

— Bien sûr, les femmes peuvent être tout aussi mauvaises, précisa Viola. Regarde la femme de Val. Elle était atroce.

Elle ne devrait pas l'interroger, mais c'était plus fort qu'elle.

— Comment cela ?

— Elle était plutôt dissolue et fouineuse, toujours dehors jusqu'à toutes les heures, à jouer et à se comporter comme une dévergondée plutôt que comme une duchesse.

Elle a failli faire succomber notre pauvre grand-mère à une crise d'apoplexie.

Isabelle l'ignorait, mais pourquoi l'aurait-elle su ? Pas étonnant que Val ait été si malheureux.

— Que lui est-il arrivé ?

Encore une fois, elle ne devrait pas le demander, mais elle était incapable de garder sa langue.

— Elle était enceinte et elle a perdu le bébé. Elle n'a pas survécu, elle non plus.

Viola baissa les yeux, le front soucieux.

— Grand-mère a dit que c'était pour le mieux. Je la traite de *pauvre grand-mère*, mais c'est Val qui a le plus fait les frais du comportement de Louisa.

L'avait-il aimée ? Lui avait-elle brisé le cœur ? Telles étaient les questions qui se bousculaient dans la tête d'Isabelle, mais elle décida qu'elle n'en avait pas le droit. Rien de tout cela ne la concernait et elle était en train d'enfreindre ses propres consignes, prenant le risque de trahir auprès de sa famille la réalité de sa relation avec Val.

En dépit de son aversion pour sa femme, Isabelle le plaignait. Perdre un enfant était pire que de ne pas réussir à concevoir. Du moins, c'était ce qu'elle supposait puisqu'à l'évidence, elle appartenait à la seconde catégorie.

Viola la regarda avec un sourire narquois.

— Je devrais te sortir ce soir.

— Je ne peux pas accepter, protesta Isabelle. Je n'ai rien à me mettre.

Sans compter qu'elle n'en avait aucune envie.

— J'ai des vêtements que tu peux m'emprunter, et puis, ce n'est pas un événement de l'aristocratie. Je veux t'emmener là où je vais quelquefois. C'est mon péché mignon et tu pourras y rester complètement anonyme. Ça te tente ?

Anonyme ? À Londres ? Et en dehors de l'aristocratie ?

Un petit sourire lui vint aux lèvres.

— À quelle heure partons-nous ?

~

*T*arleton !

Val ne leva pas les yeux de sa chope lorsque retentit le refrain annonçant l'arrivée de son ami Hugh Tarleton. Il était trop déterminé à broyer du noir.

Hugh s'assit à côté de lui.

— Eastleigh, tu es saoul ?

— Pas encore.

— Il a été comme ça toute la soirée, commenta Jack. Peut-être que tu pourrais lui faire un petit sermon pour lui remonter le moral.

— Si vous voulez entendre un sermon, venez à l'église.

La voix profonde et autoritaire de Hugh retentit par-dessus la table.

Jack ricana.

— Pas dans ton église. J'aimerais conserver le contenu de mes poches, merci bien.

Hugh était vicaire à Saint-Giles-in-the-Fields, au cœur même des pires quartiers de Londres.

— Tes poches ne courent aucun danger. Personne n'ose voler dans mon église.

Val n'en doutait pas. Hugh était un homme impressionnant, avec des épaules et des bras massifs qui semblaient capables de briser un homme en deux.

— Pourquoi cherches-tu à te saouler ? demanda Hugh alors que l'une des serveuses déposait sa chope devant lui.

— L'idée me plaît.

Parce qu'il pourrait alors oublier Isabelle, ne fût-ce qu'un court moment. Il devait arrêter de se tourmenter comme il l'avait fait aujourd'hui en emmenant les filles de Barkley à la bibliothèque. Il l'avait fait parce que les pauvres petites étaient désespérées depuis le départ d'Isabelle, et Val se sentait désolé qu'elles aient des parents aussi mauvais. Mais s'il était honnête avec lui-même, il l'avait également fait pour voir Isabelle.

Pas seulement la voir, mais aussi lui faire plaisir. À en juger par sa réaction, il avait réussi. Le problème, c'était que maintenant, il voulait continuer à la faire sourire. Et le souci, c'était qu'il n'avait aucune occasion de le faire. Il ne lui appartenait pas de lui faire plaisir.

Il termina sa chope et fit signe pour qu'on la lui remplisse.

La porte s'ouvrit, mais cette fois, il n'y eut pas de chœur. Cela arrivait de temps à autre, car après tout, les clients qui entraient n'étaient pas forcément des habitués. Cependant, ils ne tardaient jamais à le devenir, ainsi le nouveau venu fut accueilli chaleureusement. *Les nouveaux venus*, en l'occurrence.

Val jeta un coup d'œil vers la porte et aperçut deux jeunes hommes. Ils étaient tous deux assez maigres et arboraient une abondante pilosité faciale. Val supposa qu'ils avaient souffert de la vérole et que leurs barbes servaient à couvrir les cicatrices.

— Voulez-vous vous asseoir avec nous ? proposa Hugh.

— Non, merci, répondit l'un d'eux. Nous sommes venus pour la salle de billard. Euh, vous avez bien une salle de billard ? C'est ce qu'on nous a dit.

Val plissa les yeux vers le plus petit des deux, qui venait de parler. Il y avait quelque chose dans cette voix...

— Oui, en effet, répondit Jack. Je serai ravi de vous montrer.

Il se leva et se dirigea vers le bar.

— Doyle, deux bières pour ces gentlemen.

— C'est comme si c'était fait.

Doyle fit glisser les deux verres sur le bar en souriant.

— Bienvenue au *Duc Fringant*, messieurs.

L'homme le plus petit prit sa chope, puis jeta un coup d'œil au second, qui semblait hésiter. Il y avait quelque chose de très étrange chez eux. Val se leva lentement.

— Je viens avec vous, si vous le voulez bien.

— Bien sûr qu'ils le veulent, s'exclama Jack. Ils ne refuseraient pas le propriétaire.

Il chuchota aux deux hommes :

— C'est le duc d'Eastleigh, l'un des « ducs fringants » qui ont donné leur nom à l'établissement. En général, cet homme obtient tout ce qu'il veut.

Jack lui fit un clin d'œil et Val leva les yeux au ciel. Il remarqua que le plus grand des deux gentlemen le regardait droit dans les yeux avant de détourner précipitamment le regard, comme s'il risquait de prendre feu au moindre contact visuel avec lui.

Val demanda à Doyle la clé de la boîte où étaient rangées les boules de billard et suivit les nouveaux venus, que Jack conduisait dans la salle attenante, non loin du salon privé. Ses portes demeuraient fermées, car l'éclairage dans la salle de billard était bien plus intense que dans le reste de la taverne.

L'une des quatre tables était déjà utilisée par deux messieurs qui disputaient une partie sous les lampes à huile. Ils accueillirent chaleureusement Jack et Val, ainsi que les nouveaux arrivants.

— Et voilà, dit Jack. Y avez-vous déjà joué ?

Le plus grand des deux hommes secoua la tête, tandis que le petit acquiesçait.

— Oui, plusieurs fois.

Val s'approcha de la boîte fermée à clé, où ils conservaient leurs précieuses boules en ivoire, et en retira un jeu. Il plaça les deux boules blanches et la rouge sur la table la plus proche et referma le coffret.

Jack pencha la tête vers le plus grand des deux.

— Bonne chance !

Puis il se tourna vers Val.

— Je retourne au bar. Tu viens ?

Mais Val était bien trop intéressé par ces mystérieux joueurs. Il avait des soupçons et il était certain de pouvoir les confirmer assez rapidement.

— Non, je vais rester et regarder.

L'homme le plus grand jeta un nouveau regard vers lui et il fut convaincu. Il connaissait ces yeux de cobalt, et ils n'appartenaient pas à un homme. Il identifiait aussi la voix de l'autre homme, car il – ou plutôt *elle* – venait souvent ici, sous des déguisements différents. Il était clair que Viola essayait de masquer son identité, car si Val découvrait que c'était elle, il reconnaîtrait probablement son amie. D'où la question : pourquoi Viola s'y risquerait-elle ? Elle savait forcément qu'il allait se poser des questions.

Il y avait quelques tables dans la salle, et des chaises pour les spectateurs. Val s'installa près de leur table de billard et se prépara à s'amuser un peu.

— En combien de points allez-vous jouer ? demanda-t-il.

— Six, répondit Viola en se dirigeant vers le mur pour choisir une queue de billard plutôt qu'une crosse.

Que choisirait Isabelle ? Connaissait-elle seulement la différence ?

Soudain, Val ne put résister à l'occasion qui se présentait à lui. Il se leva et la rejoignit devant le mur.

— Puisque c'est votre première fois, puis-je vous recommander une queue ? Elles sont bien plus précises que la crosse.

Il en choisit une et la lui tendit, remarquant les efforts qu'elle multipliait pour esquiver son regard.

— Le cuir au bout vous aidera à guider la boule lorsque

vous chercherez à frapper les autres sur la table, et même à marquer des points de hasard.

— Un point de hasard, c'est quand tu mets l'une des autres boules dans une poche, précisa Viola, prenant soin de garder une voix grave.

Elle se lança alors dans les explications des règles qu'elles allaient suivre ce soir-là, reprenant tout ce que Val lui avait appris. S'il n'avait pas deviné son identité plus tôt, ce serait limpide à présent.

— Pourquoi ne pas faire quelques coups pour montrer à votre ami, Monsieur... ? suggéra Val.

Viola répondit :

— Je suis Monsieur Gates, et voici Monsieur Beaufort. Très bien, je vais d'abord faire une démonstration.

Elle expliqua à Isabelle la façon d'élaborer une stratégie pour savoir quoi frapper et où, et lui montra comment tenir la queue. Viola était très douée au billard et elle réussit un coup bien placé, envoyant la boule rouge dans une poche.

— Ça n'a pas l'air très difficile.

Val se mordit la lèvre pour ne pas se moquer de la voix d'Isabelle, si grave qu'elle en était comique.

— Vas-y, essaie.

Isabelle examina la table et s'approcha du bord. Prenant conscience qu'elle était trop proche, elle fit un pas en arrière. Puis elle orienta sa queue de billard et rata complètement la boule.

Viola ricana et Isabelle lui décocha un regard noir. À son tour, Val se mit à rire.

— Puis-je vous montrer ?

Il prit une queue sur le mur et la rejoignit de son côté de la table afin de lui montrer comment elle devait aborder le jeu.

— Vous devez tenir la queue de billard pour contrôler son mouvement. Comme ceci.

Il la saisit par le manche et guida ensuite la partie supérieure avec son autre main.

Elle s'efforça d'imiter son geste, mais elle ne maîtrisait pas encore tout à fait la position ni la prise. Déposant sa propre queue contre la table, il vint se placer derrière elle afin de lui positionner les bras.

C'était une erreur.

Elle était peut-être habillée comme un homme, mais il ne savait que trop bien qu'elle était une femme. Et pas n'importe laquelle, Isabelle, la source de tous ses fantasmes.

Il essaya de réduire le contact au minimum, mais ce fut inefficace. Avec une telle proximité, son parfum emplissait ses sens. Se déplaçant rapidement, il ajusta sa prise sur la partie inférieure de la queue, puis il la contourna et se pencha vers l'avant, son torse contre son dos pour mieux lui montrer comment guider l'embout vers la boule. Enfin, il lui fit une démonstration, contrôlant ses mouvements.

La queue alla heurter sa boule, puis celle de Viola. Val s'empressa de s'écarter avant de ne plus être capable de se retenir.

Il récupéra la queue et la replaça sur le mur.

— Joli.

Il voulait parler du coup, mais il sous-entendait bien plus.

C'était de la folie.

Il retourna à sa chaise et à la table où il avait posé sa chope. Portant son verre à ses lèvres, il prit une longue gorgée.

— Manque de pratique, je pense, commenta Viola. Recommence.

Isabelle se pencha et visa derechef. Val aurait juré la voir trembler. La folie était loin de suffire pour décrire cette situation. Il ferait mieux de partir. Au lieu de quoi, il demeura assis là, à la regarder s'exercer à plusieurs reprises.

Un petit groupe – cinq messieurs au total – entra dans la salle, riant à gorge déployée.

— Formidable, il y a une table libre, lança l'un d'eux.

— Deux, en fait, répondit Viola joyeusement. Mais vous êtes cinq. Qui ne joue pas ?

— Nous allons nous relayer.

Val se leva et alla ouvrir la boîte contenant les boules de billard. Ils prirent deux jeux et s'installèrent aux deux tables restantes. Bientôt, la salle de billard était animée par des conversations bruyantes et des paris bon enfant.

— Prêt à commencer, l'ami ? demanda Viola à Isabelle.

— Aussi prêt que possible.

Sur son insistance, Viola joua en premier, marquant un point dès qu'elle frappa la boule de son adversaire. Ce fut au tour d'Isabelle, qui toucha sa boule sans parvenir à la faire bouger. Elle grommela, frustrée, alors que Viola tentait un deuxième coup.

Elle rata la poche, et les deux prochains coups furent manqués également, autant par l'une que par l'autre. À son troisième essai, Isabelle percuta la boule si fort qu'elle rebondit par-dessus la rampe et alla frapper l'un des clients de la table voisine, par derrière.

— Oh !

Elle se plaqua une main sur la bouche. C'était une réaction si féminine que Val se leva d'un bond.

Il prit la chope d'Isabelle et la lui tendit.

— Vous ne maîtrisez pas votre force, dites donc, Beaufort.

Son regard croisa à peine le sien et elle enfouit son nez dans sa bière pour prendre une longue gorgée, terminant le fond de son verre.

— On dirait que vous avez besoin d'en reprendre, déclara Val. Permettez-moi de vous montrer la brasserie, vous pourrez essayer quelques échantillons.

Il était temps pour elle de partir avant de dévoiler complètement son déguisement. Il se tourna vers Viola.

— Voulez-vous venir, vous aussi ?

Ce n'était pas censé être une question. Viola, cependant, le prit comme tel.

— Non, merci. Il me reste encore de la bière. Je suis sûr qu'un de ces hommes sera heureux de jouer à la place de Beaufort.

— Moi, je veux bien !

C'était l'un des nouveaux venus qui venait de parler. Il patientait avant de se joindre à la partie de ses amis. Val le connaissait, bien sûr, comme tous les autres joyeux lurons. Cela ne le dérangeait pas de laisser sa sœur seule avec eux. Elle était venue à la taverne grimée en homme, incarnant le débonnaire Tavistock, à plusieurs occasions, afin d'y trouver matière pour rédiger sa chronique dans la *Lady's Gazette* intitulée « Observations sur ces messieurs ».

Val ignorait si Viola savait qu'il avait deviné leur identité, mais il décida que cela n'avait pas d'importance pour le moment. Il conseillerait à Isabelle d'être plus discrète ou bien de s'en aller. Si elle choisissait cette dernière option, il reviendrait informer « Gates » que son ami était souffrant et avait dû rentrer chez lui.

Touchant le bras d'Isabelle, Val souffla :

— Suivez-moi.

Elle hésita et il craignit qu'elle ne vienne pas. Mais elle finit par prendre sa chope et lui emboîta le pas hors de la salle de billard.

Il la conduisit dans le salon privé, puis en cuisine et enfin à la brasserie. Dès qu'ils furent à l'intérieur, il ferma la porte.

Elle s'avança au centre de la pièce, le dos tourné.

— Mais enfin, qu'est-ce que tu fiches ici ? demanda-t-il alors.

Elle se retourna à demi, la tête basse, et sa voix reprit cette intonation ridicule si amusante, mais recelant pourtant une forme de sombre sensualité.

— Je vous demande pardon ?

Val s'avança, bien déterminé à dévoiler ses intentions. Il ne savait pas encore comment procéder jusqu'à ce qu'il soit campé juste devant elle. Soudain, tout devint évident. Il la prit dans ses bras et l'embrassa.

Les poils de sa barbe lui chatouillaient le visage et il aurait pu rire de l'absurdité de la situation s'il n'avait pas été instantanément emporté par le contact de sa langue lorsqu'elle ouvrit la bouche sous l'effet de la surprise.

Une main derrière sa nuque, Val délogea son chapeau et enfouit les doigts dans ses cheveux. Ses épingles s'envolèrent et les mèches soyeuses se déployèrent sur sa main tandis que leurs bouches dansaient l'une contre l'autre.

Elle recula en passant la main derrière sa tête, entrant en contact avec la sienne.

— Tu as gâché mon déguisement !

— Ton costume n'était pas très convaincant. À moins que tu penses que j'embrasse régulièrement des inconnus sur un coup de tête ?

Il était tiraillé entre le rire et le désir intense. Malgré les poils qui recouvraient la moitié inférieure de son visage et sa tenue masculine, il ne l'avait jamais autant désirée.

Elle laissa tomber sa main sur le côté.

— Je n'en sais trop rien. Tu aimerais peut-être la sensation d'une barbe.

— C'est bien possible. En tout cas, celle-ci. Dois-je essayer à nouveau pour m'en assurer ou préfères-tu l'enlever ?

Après un regard circulaire, elle se dirigea vers une table à tréteaux où elle posa sa chope vide. Puis elle se tourna vers lui, le regard sensuel et les lèvres entrouvertes en une invitation provocante.

— Je pense que je vais l'enlever. Dites-moi, Votre Grâce, cette porte ferme-t-elle ?

CHAPITRE 12

*I*sabelle n'aurait pas dû demander une chose pareille, et pourtant elle ne put se résoudre à revenir sur ses paroles. Déjà stimulée par cette audacieuse escapade avec Viola et la chope de bière qu'elle avait consommée, il ne lui avait pas fallu longtemps pour que son attirance envers Val atteigne un niveau dangereux. Lorsqu'il l'avait aidée à positionner la queue de billard, tout son corps s'était animé, tant sous l'effet du souvenir que de l'attente impatiente. Elle voulait savoir si ce serait aussi agréable aujourd'hui que dix ans plus tôt.

Il n'y avait qu'une seule façon pour elle de le découvrir.

Val la fixa du regard, ses yeux légèrement plissés et ses narines dilatées. Le muscle de sa mâchoire se contracta, et il se retourna brusquement. Puis il ne bougea plus pendant un moment, debout en silence. Enfin, il prit l'initiative de traîner un tonneau devant la porte.

Ce n'était pas un verrou, mais elle se dit que cela ferait tout de même l'affaire. Portant la main à son visage, elle tira tout doucement sur la barbe que Viola avait appliquée avec une pâte inoffensive, d'après elle, et que les comédiens utilisaient sur scène. Pourtant maintenant, alors qu'elle essayait de la retirer, elle eut l'impression de s'arracher la peau.

La rejoignant à la table, Val lui prit la main et déposa un baiser sur son poignet, avant d'entreprendre à son tour de décoller précautionneusement la barbe postiche. Il travailla lentement et elle ferma les yeux pendant qu'il libérait son visage. Une fois qu'il eut fini, elle l'entendit bouger et elle rouvrit les yeux.

Il revint avec un chiffon humide qu'il passa avec délicatesse sur sa joue, puis il l'embrassa tendrement, ses lèvres l'effleurant avec le même soin qu'il avait mis à enlever la fausse barbe. Il répéta le geste sur son autre joue. Elle ferma de nouveau les paupières, capitulant à son contact. Une fois de plus, il essuya son menton et l'embrassa, sa bouche s'y attardant un instant. Lorsque le tissu lui caressa les lèvres, son cœur s'emballa dans l'attente de la suite.

Le chiffon disparut, aussitôt remplacé par ses lèvres. Mais ce n'était pas une douce caresse. Non, c'était une demande urgente, un appel à sa reddition.

Isabelle jeta les bras autour de son cou et pressa ses mains contre sa peau chaude, ouvrant sa bouche pour répondre à sa requête par la sienne. Les barrières du temps et des convenances s'effacèrent lorsque leurs lèvres et leurs langues se mêlèrent.

Il l'embrassa vigoureusement avant de se radoucir, inclinant sa tête à un nouvel angle, puis s'écarta juste assez pour lui mordiller la lèvre. Elle enfonça les doigts dans son vêtement, glissant les mains sous sa cravate – ou du moins, elle essaya. Frustrée, elle tira sur l'accessoire en soie, le relâchant jusqu'à ce que le nœud se défasse. Puis elle passa les mains à l'intérieur de sa chemise, et cette fois, elle obtint un accès total à son cou et à sa clavicule. Il était chaud, ses muscles tendus. C'était une sensation divine. Il gémit dans sa bouche pendant qu'elle l'explorait.

Il tira sur son manteau et elle l'aida à le faire tomber au sol. À son tour, elle déboutonna son gilet, désireuse de le sentir tout contre sa peau. Un moment... Comment allaient-ils faire ? Il n'y avait pas de lit. Aucun endroit confortable. Il n'y avait que du matériel de brassage.

Elle écarta sa bouche de la sienne et reprit son souffle.

— Peut-être que...

Il l'embrassa à nouveau, avec force et ferveur, puis il appuya son front contre le sien.

— Si tu me dis que nous devons nous arrêter, je pourrais en mourir. Bien sûr, j'*arrêterais*, mais je crois bien que j'y succomberais.

— Je n'allais pas te dire d'arrêter. J'allais simplement te demander si nous devions attendre, pour le faire, d'être dans un endroit plus approprié.

Il posa une main sur sa joue et se pencha en arrière pour la regarder dans les yeux.

— Je n'ai pas besoin d'un lit. Ni de quoi que ce soit d'autre. Je n'ai besoin que de toi.

— Je te fais confiance, comme je l'ai toujours fait.

Il l'embrassa derechef, ses lèvres brûlant les siennes avec une intensité qui fit flageoler ses genoux. Elle s'agrippa à ses épaules et il la poussa à reculer jusqu'à ce qu'elle sente la table contre son dos.

En s'écartant, il détacha sa cravate, puis il examina son costume.

— J'aime bien voir tes jambes en pantalon, mais ce serait beaucoup plus facile si tu avais porté une jupe.

Elle était du même avis et elle éclata de rire.

— Je n'avais pas prévu d'être séduite.

Les sourcils froncés, il jeta sa cravate de côté et son manteau suivit le mouvement.

— *Tu* es séduite ? Je crois que c'est toi qui m'as suggéré de fermer la porte. Je suis clairement l'objet de la séduction ici.

Elle finit de déboutonner son gilet tandis qu'il s'occupait du sien. Après avoir laissé tomber le vêtement au sol, il fit passer la chemise d'Isabelle par-dessus sa tête. À présent, son buste était seulement couvert d'une bande de mousseline que Viola avait enroulée autour de sa poitrine.

Il la fixa du regard, son expression à mi-chemin entre la déception et la perplexité. Elle dégagea l'extrémité libre, coincée entre ses seins.

— Dénoue cela, dit-elle simplement.

Prenant la mousseline entre ses doigts, il déroula lentement le tissu sans la quitter des yeux. Cette simple tâche se changea vite en jeu sensuel, à mesure que l'étoffe la libérait. Enfin, sa poitrine fut nue et il baissa les yeux.

Il retint son souffle et elle se sentit enveloppée de chaleur, en proie à une envie qui fit vibrer tout son corps de désir. Il tendit la main pour caresser délicatement son sein, faisant glisser son pouce sur son mamelon. Elle le sentit durcir au moment précis où il plissait les yeux sous l'effet du désir.

Penché en avant, il y posa sa bouche, ses lèvres espiègles et sa langue joueuse. Il la tortura ainsi pendant une longue minute et elle ferma les yeux, se délectant de cette sensation alors même qu'elle en redemandait. Elle enfouit ses mains derrière sa tête et lui tira les cheveux, l'incitant à en prendre plus, à en donner plus.

Il ne se fit pas prier.

Sa bouche se referma tout entière sur elle et il lui suça franchement le téton, provoquant entre ses cuisses un violent spasme de désir. Une jupe aurait décidément été plus pratique. Elle aurait pu la retrousser à l'instant même et l'inviter en elle.

Elle enfonça les ongles dans son cuir chevelu.

— *Val.*

Il s'interrompit, levant les yeux.

— J'ai envie de toi. Comme il y a dix ans. Non, je te veux plus encore. Et je sais que je ne devrais pas, que *nous* ne devrions pas, tout comme je le savais alors. Avec toi, je suis totalement impuissante.

— Mais non, dit-il, un sourire aux lèvres, avant de l'embrasser. Pas impuissante, chuchota-t-il avant de s'écarter pour mieux la regarder. Tu es une femme qui sait ce qu'elle veut et qui le prend. Cole et moi, nous avons fondé le *Duc Fringant* pour que les gens puissent être exactement ce qu'ils veulent, sans prétention, sans jugement, sans regret.

— Tu m'as toujours permis d'être exactement ce que je suis. Sauf une serveuse, railla-t-elle.

— Si tu veux vraiment être serveuse, libre à toi.

— J'aime bien le métier de bibliothécaire. Merci.

Elle pressa ses lèvres contre les siennes.

— Merci d'avoir fait en sorte que cela arrive, de m'avoir amené les filles aujourd'hui. Merci pour tout.

Un sourire enjôleur faisait frémir ses lèvres aux commissures.

— Tu n'as encore rien vu.

— Peut-être, alors montre-moi.

— Tu en es certaine ? demanda-t-il à mi-voix, le front soucieux.

Elle trouva l'ourlet de sa chemise et la remonta sur son torse avec son aide. Profitant qu'il était occupé à se débarrasser du vêtement, elle déposa un baiser au creux de sa gorge. Puis, les doigts sur l'avant de son pantalon, elle entreprit de le déboutonner. Avec un gémissement, il posa une main sur sa nuque tandis qu'elle glissait la sienne dans son pantalon et lui caressait le sexe.

Il avança le bassin, puis il passa à l'action. Il déboutonna les hauts-de-chausses d'Isabelle – heureusement plus amples que les siens, sinon ils auraient constitué un piètre déguisement – et les baissa sous ses hanches, puis il la hissa sur la table. Elle retint son souffle en sentant la fraîcheur du bois contre ses fesses nues. Il lui retira ses bottes, puis ses hauts-de-chausses en entier sans se préoccuper de ses bas.

Elle sentait l'envie palpiter entre ses cuisses.

— Touche-moi, Val.

Il s'avança entre ses jambes et prit possession de sa bouche tandis que sa main remontait le long de sa cuisse. Ses doigts s'aventurèrent dans sa toison et trouvèrent son clitoris, ce petit coin de paradis qu'il lui avait fait découvrir autrefois. Ce point que son mari n'avait jamais cherché, mais qu'elle avait touché si souvent en pensant à Val. Jamais dans ses rêves les plus fous n'avait-elle imaginé qu'elle le ressentirait à nouveau.

Le plaisir la traversa et une envie presque douloureuse l'étreignit rien qu'à la perspective de le recevoir en elle. Elle s'avança jusqu'au bord de la table, avide de mieux le sentir. Lorsqu'il glissa son doigt dans l'étau de sa chaleur, elle étouffa un cri. Il l'embrassa alors, recueillant l'expression de son extase.

Isabelle ferma les yeux, s'abandonnant à ce délicieux tourment. Elle voulait le sentir, le goûter et le savourer. C'était presque trop. Elle allait se perdre absolument et elle n'était même pas certaine d'avoir envie d'en revenir.

Il commença par de lentes caresses, son pouce l'attisant tandis que son doigt allait et venait en elle. Elle suivait ses mouvements, impatiente d'atteindre cet apogée promis où la lumière rencontrait l'obscurité, et où la fin redevenait le commencement. Il accéléra le rythme, la touchant précisément comme elle avait besoin d'être touchée, comme s'il se souvenait de chaque caresse, de chaque ressenti, et les recréait à l'identique.

Soudain, il y eut deux doigts au lieu d'un, et la sensation fut décuplée. C'était plus rapide, plus vif, plus frénétique. Il arracha sa bouche de la sienne et lui murmura à l'oreille :

— Jouis pour moi, Isabelle.

Tout en elle se disloqua. Elle se laissa aller à la glorieuse obscurité, embrassant l'oubli en sachant que ce n'était que temporaire, déjà impatiente que le plaisir se prolonge.

Il s'écarta de son sexe et elle tendit les mains entre leurs corps pour libérer sa verge. Il gémit tandis qu'elle caressait sa douceur veloutée, dont le souvenir pâlissait déjà en comparaison avec la réalité.

Sa main recouvrit la sienne, et ensemble, ils le guidèrent vers son sexe. Sa chair était sensible, et le plaisir qu'elle avait tant désiré la submergea avec intensité, lui arrachant un soupir. Elle s'agrippa à sa hanche et l'attira en elle. Docile, il s'enfonça profondément, l'emplissant d'une plénitude sans entraves.

Elle enroula ses jambes autour de sa taille et le serra tout contre son corps. Il l'embrassa, bouche ouverte, laissant danser sa langue avec la sienne. Elle se sentait avide et éperdue, comme si elle ne pouvait pas se lasser de lui. Sans doute n'était-ce pas qu'une impression. Elle ne voulait pas y penser maintenant. Au contraire, elle voulait se délecter de ce moment, de ce ravissement.

Leurs corps ondulaient à l'unisson, comme si cela ne faisait pas dix ans mais dix minutes qu'ils s'étaient quittés. Elle voulait le garder en elle, s'ancrer à sa force tandis que le plaisir la propulsait sur une vague de passion. Il redoubla de vigueur et elle l'accueillit coup pour coup, remontant déjà vers des sommets de plaisir.

Enfin, elle atteignit l'extase, prise au dépourvu, sombrant dans la béatitude. Il la suivit un instant après, allant et venant sans relâche jusqu'à ce que ses muscles se contractent.

Elle sentit qu'il commençait à se retirer, mais elle l'immobilisa.

— Ne pars pas.

Alors, il lâcha un cri de plaisir, tout son corps saisi de tremblements. Elle lui caressa les épaules du bout des doigts, puis la colonne vertébrale, prenant de profondes respirations pour revenir peu à peu sur terre.

Il lui embrassa les lèvres, la joue, la tempe, le front.

— J'aurais dû me retirer.

— J'ai été mariée pendant quatre ans sans le moindre problème. Il n'y a sans doute pas lieu de s'inquiéter.

Non, sans doute. Peut-être y avait-il un risque infime, mais elle refusa de l'envisager. Cette soirée était spéciale, et elle la chérirait pour toujours.

Ses lèvres reprirent possession des siennes, l'embrassant avec une douce satisfaction. Elle l'enlaçait toujours, refusant de lâcher prise tout en sachant qu'elle devrait le faire. Très bientôt.

Un frisson ébranla ses épaules.

— Tu as froid, murmura-t-il.

Il s'écarta, ramassa ses vêtements et commença à l'aider à se rhabiller. Puis il enfila et boutonna son propre pantalon, demeurant torse nu. Elle ne pouvait s'empêcher d'admirer son large torse et les boucles blondes discrètes qui le parsemaient.

Il tenait la bande de mousseline que Viola avait utilisée pour envelopper les seins d'Isabelle.

— Faut-il la remettre ?

Elle effleura son visage nu.

— Je pense que mon déguisement ne dupe plus personne, de toute manière.

Avec un sourire, il abandonna la mousseline sur la table.

— Tu peux sortir par derrière, personne ne te verra. Je vais te faire raccompagner. Je dois aussi informer « Monsieur Gates » que tu es tombée malade.

Isabelle rit tout en passant sa chemise par-dessus sa tête. Val remonta son pantalon sur ses jambes et la souleva délicatement de la table. Il allait l'aider à rentrer sa chemise dans sa ceinture, mais il choisit de prendre du recul.

— Si je recommence à te toucher, je ne pourrai plus m'arrêter.

— Et moi, je ne te le demanderai pas, dit-elle d'une voix rauque.

Elle avait déjà envie de l'avoir à nouveau et redoutait que cela ne change jamais.

Détachant son regard tourmenté du sien, il se détourna pour chercher sa propre chemise. Aussitôt, son torse si délectable disparut à la vue d'Isabelle. L'arrière était aussi splendide que l'avant, depuis les angles de ses omoplates jusqu'aux muscles qui descendaient dans son dos. Sous son pantalon merveilleusement ajusté, presque aussi moulant que des peaux de daim, elle devinait ses formes alléchantes.

Lorsqu'ils furent tous deux habillés, Val prit ses mains et en embrassa les paumes.

— Recommencerons-nous dans dix ans ? demanda-t-elle en riant.

Il fit la grimace, le front plissé.

— Je t'en prie, ne me fais pas attendre aussi longtemps.

Que voulait-il dire ? Proposait-il qu'ils continuent ? Qu'ils entament une liaison ? La tentation était forte, mais elle était sincère : elle ne pouvait pas être sa maîtresse et s'attendre ensuite à devenir directrice d'école. Si elle décidait plutôt de diriger une bibliothèque ?

Allons, tu n'as pas les moyens de t'offrir une bibliothèque.

Résistant à l'envie de taper du pied avec frustration, Isabelle lui caressa la joue.

— Nous nous sommes abandonnés à une nuit. Rien de plus.

Il lui dit alors la seule chose qu'elle n'aurait jamais imaginée. Et la seule chose qu'elle ne pouvait pas accepter :

— Épouse-moi, Isabelle.

CHAPITRE 13

La surprise dans les yeux d'Isabelle reflétait le ressenti de Val. Cette proposition était tombée de sa bouche avant qu'il ne prenne le temps d'y réfléchir. Pouvait-il y penser à deux fois ?

Ils étaient manifestement bien assortis en matière de tempérament, d'esprit et certainement de physique. Elle ne serait pas comme Louisa, il en était convaincu.

Elle ne répondait pas, le dévisageant comme s'il avait suggéré qu'ils prennent leur envol vers la lune. Enfin, il reprit la parole :

— Tu es sous le choc. À vrai dire, moi aussi. Mais réfléchis-y, Isabelle. Nous sommes très bien ensemble, et nous pourrions recommencer tous les soirs.

— Tu veux m'épouser pour que nous puissions avoir des relations sexuelles quand nous le voulons.

Dit ainsi, d'une voix hésitante et un peu incrédule, cela n'avait rien de merveilleux. Ce qui était idiot.

— Il y a des raisons bien pires.

— Certes, celles pour lesquelles je me suis déjà mariée.

Ses yeux s'assombrirent avec tristesse, et il comprit qu'elle allait refuser.

— Je ne peux pas t'épouser. Tu sais ce que je pense de mon indépendance. J'y ai renoncé une fois, et je ne le ferai plus, certainement pas pour la commodité du sport en chambre.

— Pourquoi as-tu épousé ton mari ?

Elle éclata d'un rire sinistre et vide.

— Je l'ai épousé parce que mon père me l'a recommandé et qu'il avait les moyens de s'occuper de moi. Il était gentil et cultivé, aussi, ce que j'appréciais. Mais je me suis vite rendu compte que tout cela n'était qu'une comédie. C'était un homme solitaire, avec un tempérament froid. Je m'attendais à avoir un foyer et une famille, mais je n'ai eu ni l'un ni l'autre. Quand il est mort, il m'a laissé assez de dettes pour m'entraîner au bord de la faillite. En fin de compte, je n'avais ni maison ni enfants.

Il perçut la douleur dans sa voix et se remémora l'attention avec laquelle elle avait éduqué les filles de Barkley. Ses poumons se contractèrent.

— Je ne suis pas comme ça, dit-il.

— Non, je n'en doute pas, répondit-elle doucement, avec un sourire empreint de regrets. Mais tu proposes quand même un mariage de convenance, et cela, je ne peux pas l'accepter. Sans compter que tu as besoin d'un héritier et il y a de forts risques que je ne puisse pas t'en donner. Tu dois vouloir un enfant, surtout après ce qu'il s'est passé avec ta femme.

Elle le savait. Comment l'avait-elle appris ? Viola avait dû le lui dire. Qu'avait-elle révélé d'autre ? Il avait eu toutes les peines du monde à surmonter la douleur et la fureur d'être trompé. Il n'était pas la risée de tous, mais il avait entendu des rumeurs et vu la pitié dans le regard des gens.

Maintenant, savoir qu'Isabelle était au courant ne faisait que raviver cette angoisse.

— Ce n'était pas mon enfant.

Il reconnaissait à peine sa propre voix, trop basse et trop amère pour être la sienne.

Elle resta bouche bée. Elle ignorait cette partie de l'histoire.

— Oh, Val.

Elle s'approcha de lui, mais il ne voulait pas de son réconfort. Il aurait tant voulu qu'elle ne le *sache* pas.

Il recula.

— Je pense que cela m'a fait passer l'envie d'avoir un enfant. Et une femme. Tu as bien raison de me refuser.

Il força ses épaules à se détendre, exprimant son soulagement. Ne devrait-il pas le ressentir aussi ? Il n'avait pas plus envie qu'elle de se marier. Elle avait raison, il voulait juste pouvoir faire commodément l'amour avec la meilleure partenaire qu'il ait jamais connue.

Elle méritait mieux que cela.

— Attends ici, je vais chercher Viola et vous mettre toutes les deux dans un fiacre.

Il écarta le tonneau et quitta la salle de brassage, refermant la porte derrière lui.

La taverne était animée de rires et d'éclats de voix, mais rien de tout cela ne perçait sa carapace d'autorécriminations. Il n'aurait jamais dû s'autoriser cela avec Isabelle. Ils n'étaient plus de jeunes imprudents. Ils étaient plus intelligents que cela. Il aurait dû y penser.

Tout ce qu'il avait fait, c'était rouvrir la plaie du manque, sachant qu'il ne trouverait jamais le bonheur et qu'il n'y était pas destiné.

Le vacarme était plus fort dans la salle de billard, où Viola évoluait avec aisance. Elle venait de faire un tir qui avait provoqué des clameurs et des tintements de chopes entrechoquées. Bien que son sourire soit dissimulé derrière une fausse barbe, il l'aurait reconnue n'importe où. Son regard croisa le sien et elle perdit son sourire.

Il l'attendit près de la porte. Il lui fallut plusieurs minutes pour se dégager du groupe et le rejoindre.

— Tu tombes à pic, souffla-t-elle. Je viens de gagner la partie.

— À pic ou pas, tu dois y aller. Viens.

Il tourna les talons sans attendre de voir si elle le suivait.

Au milieu du salon privé, elle le rattrapa et lui saisit la manche.

— Qu'est-ce qui ne va pas ?

— Monsieur Beaufort est malade.

Viola écarquilla les yeux.

— Oh, non. Je ne savais pas qu'elle ne tenait pas l'alcool.

Ils traversèrent la cuisine et Val l'attira dans la réserve.

— Elle n'est pas malade. Son déguisement est... compromis, disons, et vous devez partir.

Viola arqua un sourcil sous le bord de son chapeau.

— Compromis ?

Val se renfrogna.

— Il a été compromis dès l'instant où tu l'as amenée ici. Elle ne ressemble pas à un homme et ne sait pas agir comme tel. Elle n'est pas comme toi.

Son regard se posa sur sa sœur, qui avait passé les deux dernières années à perfectionner sa capacité à se comporter comme un vrai gentleman.

— Je pensais que ce serait amusant, dit-elle. En plus, je me suis dit que vous devriez passer du temps ensemble, tous les deux, et il semble que j'avais raison. Vous vous êtes absentés pendant un moment.

Son regard était légèrement désapprobateur, comme si c'était sa faute.

— Tu l'as amenée ici en espérant que nous passerions du temps ensemble ? Pourquoi joues-tu à te mêler de ma vie ?

— Chut ! lança-t-elle en jetant un œil en direction de la cuisine. Tu veux qu'on t'entende ?

— N'ignore pas ma question.

— Je ne me suis pas mêlée de ce qui ne me regarde pas. J'ai joué les facilitatrices.

Elle souffla un peu.

— Enfin, bref, reprit-elle. À l'évidence, j'ai fait une erreur. Allons-y.

Elle le dépassa pour entrer dans les cuisines, puis s'arrêta net et rebroussa chemin.

— Où est-elle ?

— Dans la brasserie.

Viola traversa les cuisines et ouvrit la porte de la brasserie. Isabelle était là, juste à l'intérieur, son déguisement en place à l'exception de la barbe qu'elle tenait à la main. Elle regarda Viola avec un faible sourire.

— J'ai peur de ne pas pouvoir remettre ça.

— Ce n'est pas nécessaire, déclara Val. On s'en va, de toute façon. Garde la tête baissée pendant que nous partons, et même une fois dehors.

Il les conduisit de la brasserie jusqu'à la cuisine, puis dans la ruelle.

Contournant le bâtiment, ils se dirigèrent vers Haymarket, où Val héla un fiacre. Il regarda Viola.

— Je vais lui demander de vous reconduire directement à la maison. Si vous lui donnez un contrordre, je le saurai.

Elle leva les yeux au ciel.

— Pas besoin d'être un tel autocrate.

Val ouvrit la porte, mais il se retint d'aider l'une ou l'autre à monter, de peur de paraître bizarre. Alors que le fiacre s'éloignait, il envisagea de rentrer, lui aussi.

Mais Barkley était chez lui. Encore une nuit.

Val retourna au *Duc Fringant*, sans la moindre envie de rejoindre ses amis. Alors qu'il rebroussait chemin par les cuisines, l'une des employées l'aborda.

— Votre Grâce ?

Il se tourna vers elle d'un air las.

— Oui, Mary ?

— J'ai trouvé ça dans la brasserie.

Elle lui tendit le ruban de mousseline qui avait servi à comprimer la poitrine d'Isabelle.

— Merci

Il prit le tissu et elle esquissa une révérence avant de retourner à son travail.

Val quitta la cuisine pour se diriger vers le bureau. Juste devant, il ouvrit la porte de l'étroit escalier qui conduisait aux pièces de l'étage. Doyle y logeait, et il y avait également une autre chambre, où Val et Cole faisaient un somme par moments, surtout dans les débuts de la taverne.

Il caressait la mousseline entre son pouce et son index, imaginant qu'il sentait encore la chaleur de sa peau. Il porta le tissu à son nez et, les yeux clos, inhala profondément. Fleur de lys et ce parfum propre à Isabelle, le plus enivrant du monde.

Il quitta son manteau et ses bottes, puis s'allongea sur l'un des deux lits de camp. Jetant un coup d'œil vers le second, il pensa à Cole qui allait bientôt se marier. Son ami était tellement amoureux qu'il n'y voyait pas clair. Son avenir était radieux, presque aveuglant.

L'envie s'insinua dans les veines de Val. Il n'avait jamais ressenti un tel optimisme, un tel bonheur, et il ne le connaîtrait jamais.

Repliant la mousseline, il la pressa contre sa poitrine, étendu, les yeux fermés. Il n'avait peut-être pas d'avenir, mais il avait toujours son passé. Et ce soir, son passé était devenu encore plus remarquable.

Seulement, il était incapable de décider si cela le rendait heureux ou triste.

~

Il lui était impossible d'éviter complètement la douairière et Viola, mais ces deux derniers jours, Isabelle avait fait de son mieux. Lorsqu'elle ne travaillait pas à la bibliothèque, elle y restait pour « se familiariser » avec l'inventaire. C'était du moins ce qu'elle disait à Monsieur Dangerfield, même si sa présence ne le dérangeait absolument pas.

Côtoyer la douairière était déjà gênant jusqu'à présent, mais après ce qui était arrivé avec Val lundi soir au *Duc Fringant*, c'était presque intenable.

Ce qui était arrivé ?

Formulé ainsi, on avait l'impression qu'elle n'avait rien contrôlé. La pluie arrivait, il arrivait que l'on renverse son thé par mégarde... et de même, il arrivait que l'on soit logé chez son ancien amant. Mais raviver cette relation, ne fût-ce que pour une nuit, ce n'était pas quelque chose qui *arrivait*. C'était un choix délibéré.

Qu'Isabelle avait fait. Comme la première fois, elle refusait de le regretter. Il le faudrait peut-être, mais elle n'avait jamais été très douée pour s'apitoyer sur son sort.

Le vent était froid lorsqu'elle traversa la place pour se rendre chez la douairière. Un majordome lui ouvrit la porte et elle se précipita à l'intérieur en tremblant.

— Madame Cortland, il y a une lettre pour vous, annonça la vieille dame depuis la bibliothèque.

Isabelle remit sa cape, son chapeau et ses gants au valet

de pied et prit une profonde inspiration avant d'affronter la grand-mère de Val.

Elle était assise sur sa chaise préférée près de la cheminée, une tasse de thé presque vide à côté d'elle sur un guéridon.

— Elle est sur la table, là-bas. J'allais la faire livrer dans votre chambre, mais j'espérais que vous viendriez l'ouvrir avec moi.

Isabelle alla jusqu'à la table et prit la missive. Elle était estampillée d'Oxford. Son pouls s'accéléra lorsqu'elle ouvrit le pli.

Il lui était envoyé par Madame Featherstone, la directrice de l'une des écoles auxquelles elle avait écrit. L'école de Madame Featherstone consacrée à l'éducation des jeunes femmes était située à Oxford. Elle avait connu les parents d'Isabelle, et si la jeune femme n'avait pas été éduquée à domicile, elle l'aurait fréquentée.

Madame Featherstone envisageait de prendre sa retraite et conviait Isabelle à travailler pour elle, avec la possibilité de reprendre l'école dès le mois de janvier suivant. C'était plus qu'elle ne l'avait espéré. Jusqu'à présent, c'était son rêve.

Était-ce encore le cas ?

Elle pensa à la bibliothèque, combien cette nouvelle activité lui convenait. Mais ce n'était pas ce qui la laissait songeuse. À vrai dire, elle était rongée par la frustration. Pourquoi hésitait-elle ? C'était tout ce qu'elle voulait.

Et en même temps, ce n'était pas le cas. Il semblait qu'elle ne désirait plus que Val.

Elle ne pouvait pas se le permettre.

— Est-ce une bonne nouvelle ? demanda la douairière, tirant Isabelle de ses sombres pensées.

— C'est possible, répondit-elle. Il y a peut-être un poste pour moi à Oxford, dans une école de filles.

— C'est merveilleux !

La douairière prit une gorgée de thé avant de reposer sa tasse.

— J'allais vous dire que je connais peut-être une famille qui a besoin d'une gouvernante. Ils sont à Bath, mais je me suis dit que cela ne vous dérangerait pas, puisque vous n'avez jamais vécu à Londres.

— Non, cela ne me dérangerait pas.

N'avait-elle pas décidé que la distance résoudrait ses problèmes, au contraire ? Elle avait presque envie de rire de sa naïveté. La distance ne résoudrait pas ce qu'elle éprouvait pour Val. Même le temps y avait échoué.

— Je pourrais vous organiser un voyage à Bath afin de les rencontrer, proposa la douairière.

Deux ouvertures, maintenant. Deux *possibilités* d'avenir, deux occasions de fuir Val. Il ne la poursuivrait pas. Après tout, il avait clairement exprimé son soulagement de ne pas être contraint de l'épouser.

Mais elle ne voulait plus s'engager au sein d'une famille.

— Merci, Votre Grâce, mais je pense que je préférerais occuper un autre poste que celui de gouvernante.

La douairière inclina la tête sur le côté et son regard s'adoucit. C'était l'expression la plus gentille qu'Isabelle ait jamais vue sur son visage.

— À cause de Lord Barkley, je suppose. J'aimerais pouvoir vous dire que cela n'arrivera plus jamais, mais le sort des gouvernantes est malheureusement bien connu.

Ce n'étaient pas les pensées d'Isabelle, mais elle aurait eu à y réfléchir.

— C'est plus que cela, pour être honnête. J'ai eu du mal à quitter les demoiselles Spelman, et il faudrait que je recommence.

Encore. Et encore.

— Je vois. Vous pourriez sûrement vous endurcir et

garder un peu de distance, sachant ce que vous savez maintenant.

À en juger par l'intonation de la douairière, cet effort semblait sans conséquence. Elle devait estimer que la préférence d'Isabelle n'était qu'un signe de faiblesse.

— Peut-être, mais je pense que le métier de gouvernante ne me convient plus. À cause de Lord Barkley.

Si c'était un raisonnement que la duchesse pouvait accepter, alors c'était celui qu'Isabelle emploierait.

La douairière acquiesça.

— Je comprends.

Elle commença à se lever, mais se rassit.

— Ce terrible froid a rendu mes jambes si raides.

Isabelle s'empressa de lui venir en aide.

— Souhaitez-vous monter ?

— Oui, je dois choisir ma robe pour ce soir. J'emmène Sa Grâce à l'*Almack's*. Enfin.

Elle avait prononcé ce dernier mot avec un accent de triomphe.

Isabelle se retint de céder à l'abattement le plus total.

— Quand saurez-vous si ce poste à l'école de filles sera disponible ? demande la douairière. Si vous souhaitez vous rendre à Oxford, je serai heureuse d'organiser votre voyage. Vous pourriez même partir demain.

Peut-être faisait-elle simplement preuve de gentillesse, mais Isabelle perçut une pointe d'impatience dans la voix de la douairière. Elle savait que son séjour ici n'était que temporaire et elle décida qu'il était temps de partir.

— J'accepte avec joie, merci beaucoup.

— Je vais arranger cela tout de suite.

La douairière partit, sa démarche plus guindée que d'habitude en raison de ses articulations douloureuses.

Isabelle alla récupérer sa lettre à la table. Lorsqu'elle se retourna pour sortir de la bibliothèque, elle faillit se heurter à Viola qui se faufilait à l'intérieur en brandissant son carnet, un crayon dans ses cheveux.

— Grand-mère a dit que tu partais à Oxford demain pour un poste d'enseignante. Est-ce vrai ?

Viola semblait moins enthousiaste que la douairière. Son expression était même légèrement angoissée.

— Oui, répondit Isabelle en lui montrant la lettre. J'ai reçu une invitation de l'une des écoles auxquelles j'ai écrit.

— C'est... merveilleux...

Viola pinça les lèvres avant de se reprendre :

— Non, c'est affreux.

Isabelle cligna des yeux, hébétée.

— Vraiment ?

— Eh bien, oui ! J'ai... euh, j'ai besoin de toi, expliqua la jeune femme en posant une main sur sa hanche. Je n'avais encore jamais eu de chaperon que j'appréciais.

Isabelle était sceptique.

— As-tu déjà eu un chaperon ?

— Non. Mais cela ne réfute pas ma déclaration.

Isabelle ne put résister au sourire qui lui monta aux lèvres.

— Même si j'apprécie beaucoup, je ne suis pas un chaperon. Je ne t'accompagne à aucun événement et ce n'est pas ce que je souhaite. Je ne saurais même pas comment me comporter lors d'un raout, ou à Dieu ne plaise, à un bal.

— Pourquoi cela ?

Viola semblait vraiment intéressée.

— Déjà, je ne danse pas.

— En tant que chaperon, tu n'aurais pas besoin de danser. De toute façon, je danse rarement moi-même.

Détachant la main de sa hanche, elle l'agita d'un air évasif.

— Seulement quand Val ou l'un de ses amis me le

demandent pour éviter de danser avec quelqu'un d'autre. Si tu venais avec moi, tu serais mon alliée sur place, ma confidente. Enfin, en plus de mes amies.

Isabelle se doutait que ses amies étaient toutes des sœurs ou des filles de ducs. Elle se sentirait trop inférieure.

— Si tu essaies de me persuader, tu échoueras, j'en ai peur. Et ne crois pas que je n'apprécie pas ta sollicitude, mais j'aime beaucoup plus les livres et les études que les fêtes et les rencontres mondaines.

— Oh, ce n'est pas de la sollicitude, dit Viola. C'est très égoïste. Tu aimerais mes amies. Elles aiment aussi les livres et les études. Felicity et toi, vous vous entendriez même à merveille, je pense. Et maintenant que Diana nous a rejointes, je suis sûre que vous seriez comme larrons en foire, toutes les deux.

— Tu joues les entremetteuses ?

Viola pencha la tête, ses yeux bleu clair grands ouverts.

— Absolument pas ! réagit-elle avec spontanéité.

— Vis-à-vis de tes amies, je veux dire, précisa Isabelle.

Toutefois, à présent, une autre pensée s'insinuait dans son esprit...

— Oh, dans ce cas, oui. Je ne t'ai même pas encore parlé de Priscilla. Je crois que tu l'aimeras encore plus.

Isabelle s'interrogeait sur le comportement de Viola – aujourd'hui comme lundi, quand elles avaient quitté le *Duc Fringant*. Dans le fiacre, elle lui avait demandé si elle était vraiment malade. Évitant de se placer en porte-à-faux, en particulier avec Val, elle avait répondu par l'affirmative. Mais Viola avait poursuivi avec ses questions, lui demandant si son frère s'était occupé d'elle, puisqu'ils avaient disparu ensemble longtemps. Isabelle avait répondu par un vague « en un sens », puis elle avait posé sa tête contre le mur et fermé les yeux, mettant fin à tout nouvel interrogatoire.

Avec du recul, Isabelle se demandait si Viola n'avait pas tout manigancé – enfin, évidemment pas *tout*. Elle était consciente qu'Isabelle et Val entretenaient une relation plus étroite qu'ils ne voulaient bien l'admettre. Il faut dire qu'ils n'avaient pas brillé par leur subtilité, tant par leurs actes que par leurs paroles.

— Viola, joues-tu *vraiment* les entremetteuses ?

La surprise feinte fut rapidement suivie par un soupir, puis un aveu franc et massif :

— Eh bien, il faut que quelqu'un s'en charge. Apparemment, Val et toi, vous êtes incapables de vous retrouver par vos propres moyens.

Ils l'avaient déjà fait. À deux reprises. Du moins, temporairement.

— Il n'y a pas d'avenir pour Val et moi. C'est un duc. Et moi, pour l'instant, je ne suis qu'une bibliothécaire.

Viola agita la main.

— Et alors ? Est-ce que tu l'aimes ?

L'aimait-elle ? Ce n'était pas une question, en tout cas, pas dans son esprit. Bien sûr qu'elle l'aimait. Elle l'avait aimé avec naïveté, dix ans plus tôt, elle l'avait aimé quand elle n'avait rien d'autre à aimer, et elle l'aimait à présent, non pas pour ce qu'il avait été ou ce dont elle se souvenait, mais pour lui-même, tel qu'il était réellement, un homme qui se souciait des autres et les encourageait à vivre en accord avec leur personnalité. Lorsqu'il lui avait raconté pourquoi Colehaven et lui avaient fondé le *Duc Fringant*, elle avait été émue par leurs idéaux égalitaires, les mêmes qu'ils affichaient déjà à Oxford et qu'ils avaient conservés, manifestement, tout ducs qu'ils soient.

Cependant, son amour pour lui n'avait pas d'importance. Il ne l'aimait pas, et il était aristocrate. La plupart des membres de la société ne partageaient pas ses valeurs. Ils la dévoreraient vivante, elle, une bibliothécaire, fille d'un professeur et petite-fille d'un vicaire de campagne.

Viola expira.

— Peu importe. Je le vois bien, même si vous ne vous en rendez pas compte. C'est vraiment un coup de foudre, n'est-ce pas, puisque vous vous êtes rencontrés il y a tout juste quinze jours ?

Pour une raison quelconque, la vérité lui échappa. Pourquoi s'évertuerait-elle à la cacher à Viola ?

— Nous nous sommes rencontrés à Oxford.

— Tu plaisantes.

Viola la regarda, puis elle prit conscience de la situation et hocha lentement la tête.

— Bien sûr que non. Continue. S'il te plaît.

— Val... Sa Grâce et moi, nous nous croisions sans cesse en ville.

— Connaissant mon frère, ces rencontres n'avaient rien de fortuit, commenta Viola avec ironie.

Isabelle sourit.

— Non, en effet. Il était plutôt insistant. En tout cas, il l'était quand nous nous sommes rencontrés.

Viola se dirigea vers la table, où elle déposa son carnet et se percha sur le bord, une posture qui aurait horrifié sa grand-mère.

— Pourquoi est-ce qu'il ne t'a pas épousée à ce moment-là ?

— Parce qu'il ne voulait pas ?

Isabelle partit d'un rire nerveux. Ils n'avaient jamais discuté mariage, du moins pas ensemble. Elle lui avait dit que son père avait un prétendant en tête pour elle et que cet homme deviendrait son mari. Val, quant à lui, lui avait expliqué que sa grand-mère avait une liste de jeunes femmes qu'il devait envisager de courtiser, même s'il avait clairement indiqué qu'il ne souhaitait pas se marier avant plusieurs années. Ainsi, elle ne l'avait pas spécialement encouragé à l'épouser. Pourquoi l'aurait-il fait ?

— Je ne crois pas qu'il l'ait fait volontairement. C'était juste un imbécile, déclara Viola, croisant les bras sur sa poitrine.

— Aucune importance, puisque nous ne pouvons pas nous marier. Comme je l'ai déjà dit, il est duc et je suis bibliothécaire.

— Et moi, je t'ai dit que cela n'avait pas d'importance. En tout cas, si je n'ai pas été assez claire, je m'en excuse. Je te l'affirme les yeux dans les yeux, ce n'est pas sorcier d'être une duchesse. Tu es intelligente, gracieuse, et ma grand-mère t'apprécie. Tu as déjà plusieurs longueurs d'avance sur la plupart des duchesses.

— Mais je ne veux pas être une duchesse.

Voilà, elle l'avait dit. Elle était terrifiée à la perspective d'être le point de mire et l'objet des ragots de la haute société.

— Même avec Val à tes côtés ?

La voix de Viola était si vibrante d'espoir, son regard si exalté qu'Isabelle se laissa presque emporter par son enthousiasme. *Presque.*

— Même avec Val à mes côtés.

Une douleur oppressante se propageait dans sa poitrine.

— Je dois aller faire mes valises pour mon voyage.

— Tu pars toujours ?

— Bien sûr. Rien n'a changé, maintenant que tu connais la vérité, Viola.

Une partie de la vérité. La vérité vraie resterait enfouie au plus profond d'elle, où elle pourrait la garder en sécurité et la chérir chaque jour à venir.

— J'ai toujours besoin d'un travail, et ta grand-mère a eu la gentillesse de m'aider dans les moments difficiles. Elle a déjà prévu mon trajet et je ne lui manquerai pas de respect en changeant d'avis.

Viola produisit un grognement fort peu élégant.

— Très bien. Mais sache que je ne pense pas que ma grand-mère se sente bafouée si elle apprend que Val et toi, vous vous aimez. Elle attendrait un mariage. Elle veut *désespérément* qu'il se remarie.

À tel point que même Isabelle ferait l'affaire ? Elle n'était pas sûre de ce qu'elle ressentait à ce sujet, et heureusement, c'était sans importance. Cela n'arriverait jamais.

Isabelle esquissa un sourire, désolée que son amitié avec Viola se termine aussi abruptement alors qu'elle venait à peine de commencer.

— Merci pour ton soutien.

— Tu l'auras toujours.

Son intonation et son regard étaient à la fois chaleureux et déterminés.

Isabelle se retourna et s'en alla avant que la douleur dans sa poitrine ne finisse par l'engloutir.

CHAPITRE 14

Viola toisa son frère du regard.

— On est splendide, dis donc !

Surpris, Val regarda sa sœur, dans l'entrée de sa maison, sa lourde cape et les bottes qui dépassaient au bas de l'ourlet. Elle n'était pas vêtue pour l'*Almack's*. En même temps, elle n'y allait jamais.

— Pourquoi grand-mère ne te force-t-elle jamais à aller à l'*Almack's* comme elle le fait pour moi ?

— Parce que je ne cherche pas de mari.

Il fit quelques pas dans l'entrée.

— Et pourquoi pas ? Pourquoi serais-tu exempte de cette comédie, alors que moi je ne le suis pas ? J'ai même essayé cette fichue tradition, contrairement à toi.

— Tu sais pourquoi je ne me suis pas mariée, dit-elle doucement.

En effet, il le savait.

— Qu'est-ce que tu fais ici ?

— Je suis venue t'annoncer qu'Isabelle part demain matin pour Oxford. On lui offre un poste dans une école là-bas.

Les muscles de Val se contractèrent et son cœur se mit à battre. Malgré cela, il s'efforça de rester de marbre.

— Je suis content pour elle.

— C'est tout ? C'est tout ce que tu as à dire ?

Viola gémit en levant les yeux au ciel.

— Tu es tellement idiot... murmura-t-elle.

— Que voudrais-tu que je dise ?

Elle jeta ses mains en l'air.

— Oh, je ne sais pas. Que tu l'aimes, par exemple ? Que tu ne peux pas vivre sans elle ? Mais peut-être que j'ai mal interprété la situation. D'abord, elle ne veut pas admettre qu'elle t'aime et elle persiste à dire qu'elle ne peut pas être duchesse, et maintenant, tu te comportes comme si elle n'était qu'une personne comme les autres et non la femme qui a ravi ton cœur il y a dix ans.

Val se récria :

— Quoi ?

— Elle m'a tout raconté à propos d'Oxford. Peut-être pas *tout*, mais je ne suis pas bête comme *certains*.

Elle le regarda par en dessous.

— Alors, toi aussi, tu vas faire semblant de ne pas l'aimer ?

Faire semblant. Oui, c'était précisément ce qu'il faisait depuis une décennie maintenant. Il avait fait comme s'il pouvait garder sous clé leur nuit ensemble, comme si l'amour qu'il avait ressenti pour elle pouvait être ignoré... l'amour qu'il ressentait encore pour elle.

— Non.

Viola le dévisagea, bouche bée, ses yeux plus ronds que jamais.

— Tu ne vas pas me contredire ?

— Il faut croire que non.

Elle referma la bouche en clignant des yeux.

— Honnêtement, je ne sais pas comment réagir. Je crois que j'ai besoin d'un remontant.

— Je t'en servirais un avec plaisir si tu gardais le silence.

Il avait répondu avec une plaisanterie parce qu'elle s'y attendait, mais en cet instant, il avait seulement envie de l'embrasser avec gratitude.

— Elle ne veut pas devenir duchesse ? reprit-il.

— Et toi, veux-tu qu'elle le devienne ?

— Je pense que oui.

Il le lui avait déjà demandé au *Duc Fringant*, mais il n'y avait pas entièrement réfléchi. Maintenant qu'il se posait sincèrement la question, il avait envie de l'épouser.

Son estomac se noua. Il avait tellement fait fausse route la fois précédente. Il n'avait pas véritablement choisi Louisa, rien n'avait été sa faute.

— Tu crois ?

Viola s'approcha de lui, le front soucieux.

— Je sais que tu as peur, mais Isabelle n'est pas Louisa.

— Louisa méritait bien mieux, dit-il à mi-voix. Tout ce qu'elle a toujours voulu, c'est que je l'aime. J'ai essayé, très sincèrement, mais mon cœur appartenait déjà à quelqu'un d'autre.

— Isabelle.

Il hocha la tête.

— Louisa a fait ce que n'importe qui aurait fait face au rejet.

— Tout le monde ne ferait pas ce qu'elle a fait, mais cela n'a plus d'importance. Louisa est partie, et tu ne peux pas changer le passé. Cependant, tu peux contrôler le présent.

Elle épousseta le revers de sa veste avant d'annoncer :

— Grand-mère a emmené Isabelle à l'*Almack's*.

— Quoi ? s'écria Val.

Viola ricana, les yeux pétillants.

— Incroyable, n'est-ce pas ? Une fois que j'ai expliqué à

grand-mère que tu trouverais ta duchesse *ce soir* si seulement elle emmenait Isabelle, elle a tout compris. Elle a dû faire des pieds et des mains pour obtenir une invitation, mais tu sais combien les dames patronnesses l'adorent. D'ailleurs, si les patronnesses avaient un chef, ce serait grand-mère.

Rien n'était plus vrai.

— Honnêtement, le plus difficile a été de convaincre Isabelle. Je crains même qu'elle change d'avis. J'ai dû me dépêcher de venir ici avant leur départ.

Val se doutait bien qu'Isabelle ne voudrait pas aller à l'*Almack's*, d'autant plus que lui-même n'avait jamais aucune envie de s'y rendre. Pourtant, en cet instant, la soirée mondaine était l'unique endroit où il souhaitait être... tant qu'elle s'y trouvait aussi.

— Tu crois qu'elle y est allée ?

Viola haussa les épaules.

— Il n'y a qu'une seule façon de le savoir. Tu pars, et je rentre à la maison. Si elle n'est pas à l'*Almack's*, tu sauras où aller.

Il se pencha pour déposer un baiser sur la joue de sa sœur.

— Merci. Je t'en serai redevable.

— Oui, mais pitié, ne me rends pas la pareille.

Elle frissonna de dégoût.

— Je ne veux pas que tu joues les entremetteurs pour moi.

— La vie pourrait te surprendre, chère sœur.

Il lui fit un clin d'œil, puis se dirigea vers la porte où le valet le rejoignit avec ses gants et son chapeau.

Il se rua vers le fiacre qui l'attendait et demanda au cocher d'être le plus rapide possible. Il n'avait jamais été aussi impatient de se rendre à l'*Almack's* de toute sa vie.

~

*E*n entrant dans la salle de bal si sacrée de l'*Almack's*, Isabelle se demanda comment elle avait bien pu laisser la vieille dame la persuader de venir. La réponse, bien sûr, était simple : il s'agissait justement de la duchesse douairière d'Eastleigh, et l'on ne refusait rien à la duchesse douairière d'Eastleigh.

Or maintenant qu'elle était là, sous les lustres étincelants et parmi l'élite aristocratique, elle commençait à regretter sa décision. Elle jeta un coup d'œil vers la douairière, dont le visage et le port altier exprimaient une satisfaction sereine. Les plumes d'autruche sur sa tête lui donnaient une hauteur supplémentaire qui ne faisait que sublimer sa présence. Elles venaient juste d'arriver, pourtant tout le monde autour d'elles murmurait déjà avec des coups d'œil furtifs en direction d'Isabelle – certains hostiles et d'autres ouvertement curieux.

Gênée, elle lissa ses cheveux, coiffés dans un style incroyablement complexe, avec des perles et un bandeau qui arborait lui aussi une plume d'autruche violette. Puis elle passa sa main gantée le long de sa hanche, sur sa robe bleu cobalt. Elle appartenait à Viola, mais elle ne l'avait jamais portée et la servante de la douairière avait réussi à merveille à l'adapter à la morphologie d'Isabelle, notamment en ajoutant un volant violet à l'ourlet, puisqu'elle mesurait quelques centimètres de plus.

Plusieurs domestiques avaient été envoyés chez les cordonniers et en étaient revenus avec une variété de chaussures, toutes rejetées par la douairière à l'exception de la paire qui ornait maintenant les pieds d'Isabelle – et lui comprimait les orteils.

— Venez rencontrer ces dames patronnesses, ma chère.

La duchesse conduisit Isabelle de l'autre côté de la salle

de bal, où plusieurs femmes semblaient tenir salon sur une estrade, assises sur des canapés.

Isabelle exécuta la révérence qu'elle avait longtemps répétée avec Viola. Elle aurait pu les accompagner, mais elle n'avait pas d'invitation et elle avait refusé que sa grand-mère en obtienne une pour elle. Ce n'était pas la seule raison qu'avait Viola d'éviter certains aspects de la haute société, mais si la jeune femme adorait se mêler des affaires des autres, elle restait très secrète sur les siennes.

Isabelle avait commis l'erreur de la laisser intervenir.

Alors qu'elle s'était retirée dans sa chambre à la suite de sa conversation avec Viola, cet après-midi, la sœur de Val et sa grand-mère étaient venues la voir. La douairière avait été très claire : si elle voulait son petit-fils, elle devait démontrer qu'elle était digne du rang de duchesse, et pour cela, elle devait se rendre à l'*Almack's* et évoluer parmi les membres les plus exclusifs de la société.

Bien sûr, cela n'avait pas suffi à convaincre Isabelle, si bien que la douairière avait pris la décision de lui annoncer qu'elle devait l'accompagner. Lorsqu'elle lui avait demandé pourquoi, la vieille dame avait répondu :

— Parce que si mon petit-fils est amoureux de vous, comme me l'assure ma petite-fille, alors vous lui montrerez qu'il n'est qu'un idiot de ne pas avoir fait de vous sa duchesse plus tôt.

Avec une telle logique, comment Isabelle aurait-elle pu refuser ?

Après avoir présenté ses hommages aux dames patron-nesses, elles s'approchèrent d'un divan contre l'un des murs du fond.

— Je vais m'asseoir, annonça la douairière.

— Dois-je aussi m'asseoir ?

Isabelle l'espérait. Elle se sentait plutôt vulnérable et

elle avait conscience que cette gêne ne changerait pas, même si elle se cachait dans un coin toute la soirée.

— Pas avant d'avoir dansé. Bien que les patronnesses vous aient donné la permission de valser, je garderai un œil attentif sur vous.

Le cœur d'Isabelle se mit à battre et son cou devint moite. Elle avait passé en revue les bases de la danse avec Viola, entre deux essayages, or à présent qu'elle était là, avec l'orchestre qui jouait et les danseurs qui virevoltaient en belle harmonie dans la salle, elle avait l'impression que ses connaissances retombaient à zéro. Elle avait déjà assisté à une ou deux soirées, mais cela remontait à des années, et ce n'était pas à l'*Almack's*.

Soudain, les bruits décrurent dans la salle, les danseurs devinrent flous et son pouls ralentit. Il s'approchait d'elle. Vêtu d'un manteau noir impeccable, avec un gilet vert à l'étoffe raffinée et la cravate la plus immaculée et la mieux nouée qu'elle ait jamais vue. C'était une véritable apparition, un rêve créé par son esprit de jeune fille de vingt ans.

Les rêves faisaient-ils la révérence ?

Naturellement.

Il fléchit sa jambe, puis se redressa de toute sa hauteur. Ce mouvement sembla relancer tout ce qui l'entourait – les sons, les images – ainsi que son inquiétude. Son cœur s'accéléra à nouveau, le martèlement de son pouls cognant à ses oreilles.

Val se tourna vers la douairière et inclina la tête.

— Bonsoir, grand-mère.

Elle le regarda avec appréciation.

— Bonsoir, Eastleigh.

Puis il se tourna vers Isabelle. Son être tout entier se réjouissait à sa vue. Elle n'avait pas besoin de regarder autour d'elle pour savoir que tout le monde l'avait vu. On le dévisageait ouvertement, et elle ne put s'empêcher de penser que cela devait être incroyablement désagréable. Et pourtant, il semblait ne pas s'en apercevoir. À vrai dire, il ne semblait remarquer qu'une seule chose : elle.

— Je serais honoré si tu dansais la prochaine avec moi, lui dit-il. Tu veux bien ?

Elle voulait l'avertir que ses pieds risquaient de ne pas survivre, mais elle ne parvint qu'à répondre « oui » d'une petite voix.

Il lui offrit son bras et elle referma les doigts sur sa manche. Ce n'était pas la première fois qu'elle le touchait, et elle l'avait fait de manière bien plus intime, pourtant c'était très différent. Ils étaient exposés à la vue du monde entier. Ils sortaient de l'ombre et entraient dans une lumière éblouissante. Il n'y avait plus de retour en arrière possible.

Elle le regarda, et à ses yeux, elle comprit qu'il le savait, lui aussi.

— Allons nous promener quelques instants pendant que cette danse se termine, déclara-t-il. Puis-je dire que tu es magnifique ?

— Merci. Toi aussi. Très beau, je veux dire.

Pour une femme soi-disant éduquée, elle avait beaucoup de mal à trouver les mots ce soir.

— Merci. J'ai cru comprendre que tu partais à Oxford demain.

Ils allaient donc en discuter ici ? Isabelle jeta un coup d'œil alentour. Ce n'était pas comme si quelqu'un pouvait les entendre par-dessus la musique et la conversation, même s'ils étaient le point de mire de tous.

— Oui. Madame Featherstone m'a invitée. Elle envisage de prendre sa retraite. Il est possible que dans un an, je sois directrice de ma propre école.

Elle le regarda de côté, attendant sa réaction.

— C'est justement ce que tu voulais.

Il n'avait pas l'air aussi enthousiaste qu'il l'aurait dû, mais elle-même manquait de ferveur.

— Oui.

La musique s'acheva et il s'arrêta pour se tourner vers elle.

— Es-tu prête à danser ?

— Non, mais je vais essayer. Attention à tes pieds.

Son sourire fit redoubler les battements de son cœur.

— Fais de ton mieux.

Il la conduisit sur la piste de danse.

— C'est une valse. Tu connais les pas ?

— À peine.

Viola lui avait donné un aperçu rapide, mais Isabelle n'avait pas répété.

— Tu auras peut-être plus d'occasions de me marcher sur les pieds avec une valse, mais je pourrai mieux te guider que dans une danse folklorique. Prête ?

Il lui serra doucement la taille tandis qu'elle plaçait ses mains sur ses épaules. C'était une danse bien trop intime, que l'on modérait en se tenant à bout de bras. Cependant, Isabelle était éminemment consciente de ses mains sur elle et de ce que cela pouvait engendrer s'ils ne se trouvaient pas dans le lieu le plus populaire de la haute société londonienne.

Pourquoi diable avait-elle accepté ?

Enfin, la musique commença et il l'entraîna dans des cercles élégants. La lumière scintillait autour d'elle et la musique vibrait à travers son corps. Soudain, elle était enchantée d'être venue.

Elle se laissa aller à la gaieté et à la splendeur qui les entouraient, riant alors qu'elle lui marchait sur le pied pour la troisième fois. Il lui répondit en souriant, visiblement aussi amusé qu'elle. Lorsqu'elle se sentit un peu étourdie, elle lui demanda s'ils pouvaient ralentir.

— J'irai à la vitesse qui te conviendra.

Il l'écarta des autres couples de danseurs afin de pouvoir virevolter à un rythme plus calme. Quand la musique se termina, elle ne pouvait pas cesser de sourire.

— Tu as aimé, dit-il, ses yeux verts pétillant sous les lustres.

— Plus que je ne l'aurais cru.

Quoi qu'il advienne, elle n'avait aucun regret. Ce soir, elle avait dansé dans les bras du seul homme qu'elle ait jamais aimé, et rien ne serait jamais comparable jusqu'à la fin de ses jours.

Il lui tendit son bras, une fois de plus, et elle le prit, attristée que la danse ait déjà pris fin.

— Je vais partir, maintenant, lui dit-il, mais je viendrai te voir demain.

La réalité déchira brutalement le voile de son rêve.

— Je pars à Oxford demain.

Il la regarda alors qu'ils rebroussaient chemin vers la douairière.

— Tu pars toujours ?

Il paraissait un peu... surpris ?

Elle n'avait pas encore envisagé de ne pas y aller. Cela voulait-il dire que... Elle n'en avait aucune idée et ne pouvait pas lui demander d'explications, au beau milieu de l'*Almack's*, alors qu'ils étaient à une dizaine de pas de sa grand-mère.

— Oui, je pense, répondit-elle, décidément perplexe.

Que se passait-il donc ?

Ils étaient arrivés au canapé de la douairière. Il lui prit la main et en embrassa le dos.

— Je viendrai te voir demain. Tôt.

Après quoi, il prit congé auprès de sa grand-mère et s'en alla en fendant la foule de danseurs qui le regardèrent passer.

— Maintenant, vous pouvez vous asseoir, dit la douairière en indiquant la place à côté d'elle.

Une autre femme se trouvait à l'autre bout du canapé, mais elle discutait avec quelqu'un assis sur le divan adjacent.

Isabelle s'assit lentement à côté de la douairière, laissant son doux rêve l'envelopper une fois de plus alors qu'elle perdait de vue le retour de Val.

La duchesse se pencha vers elle.

— Je sais que vous ne comprenez pas la société, alors permettez-moi de vous expliquer ce qui s'est passé. Le duc d'Eastleigh est un veuf sans promise. Il est venu à l'*Almack's*, le lieu par excellence où naissent tous les mariages à Londres, une destination qu'il ne fréquente jamais, et il a valsé avec une seule femme, *vous*. Puis il est parti. Il n'a parlé à personne et m'a tout juste consacré quelques mots.

Le pouls d'Isabelle ne semblait pas vouloir retrouver un rythme normal depuis son arrivée.

— Je vois.

En réalité, elle ne voyait pas vraiment, mais elle ne voulait pas se montrer impolie.

— Personne ne vous invitera plus à danser parce qu'il semble clair qu'Eastleigh vous a choisie, et aussi parce que vous êtes assise avec moi. Je fais peur à certaines de ces personnes, mais ce sont des imbéciles. En revanche, tout le monde se demande maintenant si vous allez devenir la prochaine duchesse d'Eastleigh. Il se pourrait même que des paris soient en cours.

Une visite à l'*Almack's* et une danse, et voilà qu'elle était précisément là où elle n'avait jamais voulu être : au cœur des ragots de la haute société. Elle s'agita de manière inconfortable.

— Vous dites que l'on s'attend à ce que je l'épouse. Mais il ne me l'a même pas demandé.

Pourtant, il l'avait fait, et elle avait refusé. Et malgré cela, il passerait la voir le lendemain.

Oh, comme elle était stupide. Il allait renouveler sa demande en mariage. De plus, il avait fait part de ses intentions assez clairement en présence de ces gens qui avaient plus de connaissances et d'expérience qu'elle : la salle de bal tout entière, soit près de mille personnes.

Isabelle était à nouveau dans cette situation qu'elle redoutait. La liberté qu'elle chérissait tant était en danger. Cette fois, pourtant, elle prenait conscience qu'elle s'en fichait. Au fond, elle ne voulait pas particulièrement être indépendante si cela signifiait vivre sans Val.

Elle regarda la douairière avec suspicion. Décidément, Viola et elle étaient les deux personnes les plus calculatrices qu'elle ait jamais rencontrées.

— M'avez-vous amenée ici pour me donner l'impression de ne pas pouvoir refuser ?

Les yeux de la duchesse s'embrasèrent.

— Aimez-vous mon petit-fils ?

Elle parlait doucement, mais l'impatience était manifeste dans son intonation.

— Ne tergiversez pas avec moi.

L'étourdissement déferla dans la poitrine d'Isabelle et elle s'efforça de ne pas sourire à la douairière, qui trouverait sûrement cette réaction vulgaire.

— Oui.

— Alors, rien de tout cela n'a d'importance. Demain, il vous fera sa demande et vous accepterez, un point c'est tout.

Elle prit une grande inspiration et ses traits retrouvèrent leur masque de sérénité.

— Maintenant, amusez-vous, ma chère. Prenez un verre de punch, mais je vous préviens, il est fade et décevant. Depuis le temps, ils auraient tout de même pu rectifier la recette.

Elles restèrent deux heures supplémentaires, pendant lesquelles de nombreuses personnes vinrent se présenter à Isabelle. Leur curiosité était évidente, de même qu'une légère envie sous-jacente de la part de certaines femmes, notamment quelques mères dont l'objectif premier était de marier leurs filles. Du moins, c'était ce que lui avait expliqué la douairière. C'était une soirée enivrante, et pas uniquement à cause de la valse. Isabelle ne pouvait pas espérer se souvenir de tous les noms, anecdotes ou règles idiotes qu'elle avait appris. Et pourtant, elle allait s'y efforcer.

Après tout, son avenir en dépendait.

CHAPITRE 15

près avoir essayé de se distraire au *Duc Fringant*, d'abord avec de la bière, puis avec des parties de billard et de cartes dans le salon privé, Val abandonna la soirée pour rentrer chez lui. Sa résidence était calme maintenant que Barkley et sa famille étaient partis, mais pour la première fois, il se sentait... seul.

Il avait quitté la taverne parce qu'elle lui rappelait Isabelle à chaque instant. Et maintenant, à l'évidence, il ne pouvait même pas se détendre chez lui parce que cette femme le hantait jusqu'ici.

Elle sera avec toi pour toujours, idiot.

Il s'était déshabillé, en bras de chemise, et avait récupéré le ruban de mousseline qu'il avait glissé sous son oreiller, ces deux dernières nuits, comme un adolescent malade d'amour. Fermant les yeux, il huma le parfum d'Isabelle, priant pour que, très bientôt, elle soit avec lui en chair et en os.

Et si elle le refusait à nouveau ? C'était une chose de reconnaître qu'il l'aimait éperdument, qu'il l'avait toujours aimée, mais que faire si cet amour n'était pas réciproque ?

Comment le sauras-tu tant que tu ne le lui auras pas dit, idiot ?

Val ouvrit les yeux et se renfrogna.

— Arrête.

— À qui parlez-vous, Votre Grâce ?

Son valet, Ross, était entré discrètement dans sa chambre pour ramasser son manteau et son gilet jetés au sol.

— À personne.

Inclinant la tête, il lui demanda s'il voulait quelque chose avant de se coucher.

— Non, merci, Ross.

De petits coups sur la porte de sa chambre leur firent tourner la tête. Ross alla répondre, puis se tourna vers Val.

— Vous avez un visiteur.

— À cette heure-ci ?

— Apparemment, oui, répondit-il d'une voix neutre. Une... dame.

Val fut à la porte en un tour de main, l'ouvrant en grand pour révéler son majordome.

— Qui est-ce, Sadler ?

— Madame Cortland, Votre Grâce.

Passant entre ses deux domestiques, Val se dirigea vers l'escalier. S'était-il passé quelque chose ? Son sang se glaça dans ses veines.

— Elle est dans la bibliothèque, lui dit Sadler.

Val descendit les marches, ses pieds chaussés glissant sur le marbre alors qu'il se dirigeait vers la bibliothèque. La porte était ouverte. Lorsqu'il franchit le seuil, elle pivota depuis la cheminée où elle se réchauffait les mains devant le feu.

— Il fait plutôt froid ce soir, dit-elle.

Il se précipita vers elle, la balayant du regard pour savoir si elle était blessée.

— Est-ce que ça va ?

Elle leva vers lui ses yeux où brillait une lueur indéfinissable.

— Parfaitement.

— Tu ne devrais pas être ici. C'est très...

— Scandaleux, oui. Mais si mes soupçons sont exacts, cela n'aura pas d'importance.

Elle haussa les épaules avant d'ajouter :

— Même dans le cas contraire, peu importe.

Elle se redressa et le regarda droit dans les yeux.

— Je suis venue te dire que je t'aime.

Une joie pure se diffusa dans sa poitrine, aussitôt contrecarrée par une pointe de... déception ?

— Je voulais te le dire en premier.

Elle écarquilla imperceptiblement les yeux et se couvrit la bouche pour étouffer un petit rire.

— Pardon ?

— Je t'aime, Isabelle. Je t'ai toujours aimée, même quand j'ai dû te laisser partir.

Avec un rictus, il détourna le regard vers les flammes derrière la grille, se passant la main dans les cheveux.

Elle lui toucha la manche.

— Qu'est-ce que tu veux dire ?

Il lui prit alors la main et la porta à sa bouche, en embrassant le dos, la paume, le poignet. Puis il la regarda une fois de plus.

— J'ai été un mari atroce pour ma première femme. Viola t'a parlé d'elle. Mais je pense qu'elle essayait juste d'attirer mon attention. Tout ce qu'elle voulait, c'était que je l'aime, et je ne le pouvais pas.

Elle posa une main sur sa joue.

— Chéri, je suis sûre que tu as essayé. J'ai essayé d'aimer mon mari, moi aussi, et il ne s'en est pas particulièrement soucié. Tu ne peux pas savoir comment les choses auraient pu être. On ne peut qu'accepter ce qui est. S'il te plaît, accepte que je t'aime plus que tout.

Ses paroles élevèrent instantanément son âme.

— Plus que ton indépendance ?

— Je suis persuadée que tu m'accorderas une certaine liberté dont la plupart des duchesses ne jouissent pas.

— Tu me connais très bien. Et ton métier ? Tu aimes enseigner.

— En fait, il se trouve que j'aime encore plus travailler dans une bibliothèque. Serait-ce scandaleux que je fonde mon propre établissement ?

— Cela ne me dérange nullement.

Il commença à retirer les épingles qui maintenaient son serre-tête en place.

— Et puis, tu as déjà provoqué un tel scandale en venant ici ce soir qu'une bibliothèque, ce n'est rien en comparaison.

Une fois de plus, elle éclata de rire, un son grave et magnifique qui l'emplit d'amour, d'espoir et de joie. Et de désir aussi.

Il se figea.

— Est-ce que ma grand-mère sait que tu es ici ?

— Non, mais Viola oui. Elle me couvre. Ta sœur est un fin stratège.

— Heureusement, pour une fois, elle a utilisé son pouvoir pour la bonne cause.

Il passa les bras autour de sa taille et l'attira à lui.

— Pour répondre à ta question de tout à l'heure, s'il s'agissait bien d'une question, ma proposition de mariage tient toujours, même si l'idée de faire de toi ma maîtresse est très séduisante.

Elle jeta les bras autour de son cou.

— Est-ce que... Eh bien, peut-être que je devrais être ta maîtresse... au moins pour une nuit.

Il rit tout bas.

— Il me semble que nous l'avons déjà fait.

— Pas formellement.

— Non, pas formellement. Nous n'avons jamais rien fait de formel.

Et il en avait envie. Elle le méritait, et bien plus encore. Il se mit à genoux devant elle, les mains sur sa taille.

— Isabelle, me feras-tu le très grand honneur de devenir ma duchesse ?

— Avant de dire oui – et je veux désespérément dire oui –, as-tu pensé à ma stérilité ?

— Eh bien, le temps nous le dira. Si nous n'avons pas la chance d'avoir un enfant, je ne regretterai jamais de t'avoir épousée. Peux-tu dire la même chose ?

Il retint son souffle en attendant sa réponse qui, heureusement, ne se fit pas attendre.

— Oui. Aux deux questions.

Elle lui effleura la joue.

— Comment puis-je avoir autant de chance ? chuchota-t-elle, émerveillée.

En voyant les larmes dans ses yeux, il espéra qu'il s'agissait de larmes de joie.

— Je sais que tu n'as jamais voulu cela, mais je te promets que tous tes rêves deviendront réalité.

Elle hocha la tête avec un immense sourire et il comprit qu'elle était tout aussi heureuse que lui.

— Tu l'as déjà fait. Maintenant, lève-toi et embrasse-moi.

Ce fut exactement ce qu'il fit.

— Ce n'est pas juste, maugréa Colehaven alors que le champagne était servi au salon. Il fallait vraiment que tu te maries avant moi ? *Encore une fois*.

Val répondit en riant et Isabelle en profita pour le contempler. Elle avait encore du mal à croire que, depuis une vingtaine de minutes, elle était la duchesse d'Eastleigh.

— Je vais devoir porter un toast, annonça Colehaven. À mon cher ami et à sa charmante épouse, qu'il devra travailler *très* dur pour mériter.

Son regard alterna entre Val et Isabelle, empreint d'amour et de joie.

— Je suis si heureux que vous vous soyez *enfin* trouvés.

Il leva son verre et tout le monde l'imita.

L'assistance comptait la douairière, Viola, la charmante fiancée de Colehaven, Diana, qu'Isabelle adorait déjà comme Viola l'avait prédit, Hugh Tarleton, qui avait présidé la cérémonie, et plus important encore pour Isabelle, Beatrice et Caroline. Lord et Lady Barkley étaient également présents, mais ils se tenaient en retrait. Soit ils étaient conscients de leur impopularité dans cette maisonnée, soit Val leur avait donné des instructions en ce sens. À sa place, elle n'aurait pas hésité à le faire.

La veille au soir, il lui avait raconté avec moult détails satisfaisants comment il avait demandé à Barkley de partir, le menaçant en termes assez directs. Il avait fait promettre à Mademoiselle Shipley de le prévenir si Barkley outrepassait les limites, ne fût-ce qu'un peu, avec elle ou toute autre gouvernante qu'ils étaient susceptibles d'engager.

Ils avaient abordé de nombreux sujets – leur mariage, la stupidité dont ils avaient fait preuve – et s'étaient promis de ne plus jamais perdre un seul instant. Tout cela, naturellement, entre deux redécouvertes du corps de l'autre. Puis ils s'étaient levés très tôt. Val avait déposé Isabelle à Berkeley Square en se rendant chez les Doctors' Commons pour obtenir la licence spéciale. S'en était suivi tout un tourbillon d'activités pour préparer le mariage qui aurait lieu l'après-midi même, empressement que la douairière avait accepté à contrecœur.

— Ce n'est pas ce que j'aurais choisi, avait-elle dit, mais c'est déjà une bénédiction qu'Eastleigh se remarie. Cette fois, il a choisi sagement.

Elle n'aurait rien pu dire d'autre pour qu'Isabelle se sente mieux accueillie. Viola était un peu plus expressive dans son enthousiasme, lui disant combien elle était ravie d'avoir enfin une sœur et lui promettant d'autres aventures comme celle du *Duc Fringant*. Isabelle s'était gardée de lui répondre qu'elle aurait déjà toutes les aventures dont elle avait besoin en devenant duchesse.

Elle ignorait encore comment elle allait s'en sortir, mais avec Val à ses côtés et le soutien de la douairière, elle savait qu'elle y arriverait. Les choses avaient bien mieux tourné qu'elle n'aurait pu l'imaginer. Elle regrettait seulement que son père ne soit pas là pour la voir.

Plus tard, quand tout le monde fut reparti et qu'elle

resta seule avec Val, tous deux blottis sur le canapé devant la cheminée du salon, Isabelle ne fit plus rien pour cacher son épuisement. Ils bâillèrent même tous les deux en même temps, avant de rire aux éclats.

— On devrait se retirer, suggéra Val.

— Avant le dîner ? fit Isabelle, levant la tête de son épaule. Le personnel ne trouvera pas cela étrange ?

— Ils feraient mieux de s'y habituer. Je prévois de nombreux soirs où nous nous retirerons en avance.

Il remua les sourcils d'un air suggestif et, une fois de plus, elle se mit à rire.

— Je ne suis pas sûre de pouvoir garder les yeux ouverts.

Elle bâilla de nouveau en se couvrant la bouche.

Changeant de position, il se pencha pour enfouir le nez dans son cou avant de faire traîner ses lèvres le long de son menton.

— Tu n'es pas obligée de garder les yeux ouverts.

Passant les doigts dans ses cheveux, elle releva la tête pour pouvoir l'embrasser. Leurs lèvres témoignèrent alors d'une passion qui démentait leur épuisement. Après un long échange langoureux, elle s'écarta.

— Je capitule.

— Impossible, j'ai déjà capitulé devant toi il y a long-temps. Avant même d'en avoir conscience.

— Alors, nous sommes faits l'un pour l'autre.

Elle le regarda avec une promesse malicieuse dans les yeux.

Se levant du canapé, il la prit dans ses bras avec un grand sourire.

— Toujours.

Qu'advient-il lorsqu'un baiser volé compromet les rêves

d'indépendance d'une femme de caractère ? Découvrez *Une nuit de passion.*

Votre livre ici : Une nuit de passion

Merci d'avoir lu *Une nuit d'abandon.* C'est le deuxième tome de la série *Le Club des Ducs Fringants*, co-écrit avec ma meilleure amie, Erica Ridley. J'espère que vous avez apprécié ! J'espère aussi que vous laisserez un avis sur votre site de vente en ligne ou votre réseau préféré. Ne ratez pas le prochain tome de la série *Le Club des Ducs Fringants*, écrit par Erica, *Une nuit de passion* !

Amicalement,
Darcy

DU MÊME AUTEUR

Le Club des Ducs Fringants

Une nuit de séduction par Erica Ridley

Une nuit d'abandon par Darcy Burke

Une nuit de passion par Erica Ridley

Une nuit de scandale par Darcy Burke

Une nuit d'adieu par Erica Ridley

Une nuit de tentation par Darcy Burke

Les Insaisissables

Le Comte sans héritier

L'inaccessible Duc

Le Duc audacieux

Le Duc Malhonnête

Le Duc des Désirs

Le Duc Provocateur

Le Duc Dangereux

Le Duc des Glaces

Le Duc Ravageur

Le Duc Trompeur

The Duke of Seduction

The Duke of Kisses

The Duke of Distraction

The Unexpected Duke

The Charming Marquess

The Wounded Viscount

À PROPOS DE L'AUTEURE

Darcy Burke est l'auteure à succès USA Today de romance sexy, sentimentale historique et contemporaine. Darcy a écrit son premier livre à 11 ans, une fin heureuse entre un cygne accro à la magie et une femelle cygne qui l'aimait, avec des illustrations extrêmement pauvres.

Native de l'Oregon, Darcy vit en bordure des vignes avec son mari guitariste, une fille artiste d'un incroyable talent, et un fils débordant d'imagination qui écrira sans doute un jour mieux qu'elle (et peut-être dès demain). Ils forment une famille-à-chats un peu folle, avec deux bengals, un petit chat en quête de notoriété qui porte le nom d'un fruit, un vieux maine-coon rescapé plutôt arrogant, et une collection de chats du voisinage qui trainent sur la terrasse et entrent quelquefois. Vous trouverez Darcy au chai, dans son confortable fauteuil d'écrivain avec son portable et un ou trois chats sur les genoux, en train de plier son linge (ce qu'elle adore), ou encore devant le télévision avec sa famille. Ses havres de bonheur sont Disneyland, le week-end du Labor Day au Gorge, Le Danemark et partout au Royaume-Uni – tant que sa famille y est aussi. Retrouvez Darcy en ligne à https://www.darcyburke.com et suivez-la sur ses réseaux sociaux.